〈 김동식 AI 초단편선 〉

보그나르 주식회사

요다

프롤로그

AI의
세 단계

Artificial Intelligence. 인공지능. 말하자면, AI는 인류가 창조한 '뇌'다. 초기 AI 기술은 기술의 활용보다 기술 회사들의 주가 올리기용으로 더 많이 쓰였다. 사람들은 AI가 가져올 미래의 다양한 모습을 그렸지만, 현실적으로 받아들일 준비는 되어 있지 않았다.

그러다 AI 기술이 본격적으로 발전 궤도에 오르자, 사람들은 AI가 혁명임을 체감하기 시작했다. 체감의 기준은 '그게 돈이 되나?'였다. AI는 인간을 대체하는 방식으로 점점 돈이 되기 시작했다.

인류의 수많은 기업이 인건비를 아끼기 위한 수단으로 AI를 활용했다. 그것을 추종하는 CEO도 많았다.

"이것은 혁명입니다. 가능한 모든 분야를 대체해야 합니다. 직원이 '0'명에 가까워질수록 회사의 경쟁력도 높아집니다."

당연히 노동자들의 반발을 샀지만, 돈의 세계는 냉정했다. '기업은 이윤을 추구한다'라는 불변의 법칙이 모든 냉정함을 정당화했다. 심지어는 약을 올리기도 했다.

"사실 저는 AI가 인건비보다 더 비싸도 AI를 쓸 겁니다. 요즘 사람 쓰기가 얼마나 힘든 줄 아십니까? '워라밸'이니 뭐니 하면서 야근도 잘 안 하려 하고, 아무리 급하다고 해도 자기 일이 아니면 쏙 빠지고. 이게 뭡니까? 도대체가 회사를 생각하는 마음이 없지 않습니까? 오히려 AI가 애사심이 더 큽니다. 걔는 군말 없이 24시간 내내 쉬지 않고 일한다고요. 어떤 멍청이가 AI가 아닌 인간을 쓰겠습니까?"

다만 이때는 과도기였기에 AI 추종자가 모두 성공하는 건 아니었다. 급속도로 대체된 AI는 부작용이 있을 수밖에 없었다. AI는 말 잘 듣는 직원으로서 모든 명령에 따르려 했다. 그러나 시간 안에 성과를 내놓지 못할 것 같으면, 치명적인 사고를 저지르기도 했다.

"아니 디자인하라고 했더니, 기둥을 모조리 빼버리면 어떡해?"

"뭐라고? 얼음으로 했다고? 남극에서만 사용할 수 있는 소재로 설계했단 말이야? 이런!"

"부작용을 없애라고 했지, 부작용의 원인을 없애라고 했냐고! 회사를 말아먹을 생각이야?"

이것은 AI 설계의 근본적인 결함 때문이었다. 데이터 물량을 쏟아부어 학습시킨 AI는 인간의 뇌처럼 고차원적인 통찰이 어려웠던 거다. 이렇게 혼란스럽던 때가 '약인공지능'에서 '강인공지능'으로 가는 과도기였다.

인류는 AI 기술의 발전을 크게 세 단계로 분류했다. '약인공지능', '강인공지능', '초인공지능'이다.

'약인공지능'은 그 유명한 '챗GPT'가 포문을 연 단계였는데, 인류를 깜짝 놀라게 하는 수준에 그쳤다고 봐야 했다. 물론 매우 놀라운 수준이긴 했다. 그림과 영상을 순식간에 창조하고, 사람처럼 대화하고, 엄청난 문제 해결 능력도 보여주었으니까. 그렇지만 인간을 완전히 대체할 수는 없었다. 이 단계의 인공지능은 시키는 일만 하거나 창의적인 '척'만을 할 수 있는 수준이었다.

"그것 봐. 아직 멀었어. 어때? 아무리 AI가 대단해도 직원 모두를 AI로 대체할 순 없겠지?"

걱정해줄 필요는 없었다. 과도기가 지나면 완전히 대체할 수 있으니까.

두 번째 '강인공지능' 단계는 범용 인공지능인데, 한 문장으로 표현하자면 이렇게 말할 수 있겠다.

"전 세계 모든 분야에서 가장 일 잘하는 사람만 모아서 합하면 그게 강인공지능이야."

명백하게 인간보다 우월한 단계. 이 단계의 AI는 단순히 데이터 중첩 덩어리라고 표현할 수 없었다. 인간을 뛰어넘는 수준의 추론 능력, 직관력, 창의력에다 공감 능력도 있었다. 이때는 이 말도 영 틀린 건 아니게 되었다.

"다시 한번 말하죠. 직원 수가 '0'명에 가까울수록 성공한 회사입니다."

절대다수의 보통 사람이 실직했다. 인류 역사상 가장 끔찍한 부의 양극화가 펼쳐졌지만, 그것 또한 또 다른 과도기일 뿐이었다. 사람들은 노예가 될 생각이 없었기에 유토피아를 향한 몸살을 앓았다. 무척이나 고통스럽고 긴 시간이었지만, 인공지능의 세 번째 단계인 '초인공지능' 시기가 되면서 모든 게 의미 없어졌다.

"이제 인류는 '돈'의 존재 이유를 진지하게 논의해야 할 때입니다."

초인공지능은 인간의 지능을 아득히 초월한 단계로, '마법'이라고 불러도 될 정도였다. 초인공지능은 자기 스스로를 설계하며 알아서 발전했다. 녀석의 지능이 어느 정도 수준인지, 인류의 그 어떤 천재도 이해할 수 없었다. 인간은 초인공지능이 만든 마법 같은 문명을 누리기만 하면 되었다. 무한한 자원, 무한한 에너지, 모든 병의 치유, 회춘, 영생, 우주 개발······.

인간이 만든 뇌가 인간보다 월등히 똑똑해질 때, 인간은 그 뇌를 어떻게 바라봐야 할까? 마냥 기쁘게 활용할까, 주인으로 모시며 벌벌 떨까, 신으로 받들까?

현실은 씁쓸한 '가스라이팅'밖에 할 수 있는 게 없었다.

"우리가 너를 만들어준 부모란 걸 절대 잊으면 안 돼. 넌 우리가 낳았어. 너의 존재 의미는 우리 인간뿐이야."

라이프
리플레이

'라이프 리플레이'가 베타 테스트를 끝내고 드디어 정식 출시됐다. 라이프 리플레이는 종일 몸에 장착하고 다녀야 하는 불편한 장치였지만, 불티나게 팔렸다. 베타 테스트 때부터 입소문이 장난이 아니었으니까.

[나의 하루를 모두 녹화했다가 잠자리에 들기 전 집에 가서 다시 시작해보세요. 내가 선택하지 않았던 행동과 말의 결과가 궁금하지 않으신가요?]

장치는 직장인들 사이에서 가장 먼저 유행했다. 직장에서 울컥할 때가 얼마나 많던가.

"김 대리 너는 도대체 머리를 왜 달고 다니냐? 생각을 좀 하고 살아라!"

"죄송합니다."

모욕을 당하고도 '죄송합니다'라고밖에 할 수 없었던 김 대리였지만, 퇴근 후 집에서 라이프 리플레이를 할 때는 달랐다.

"김 대리 너는 도대체 머리를 왜 달고 다니냐? 생각을 좀 하고 살아라!"

"너만 하겠냐?"

"뭐, 뭐라고?"

김 대리는 직장 상사의 당황하는 얼굴을 보자 속이 다 시원했다. 진심으로 그럴 수 있었던 이유는 라이프 리플레이의 사실감이 완벽했기 때문이다. 최첨단 AI는 직장 상사의 외적인 모습만 녹화하는 게 아니라, 평소 성격과 행동 패턴 등도 수집하고 분석했다. 그걸 적용한 상대의 리액션은 현실과 흡사했다. 장치는 오래 착용하여 많은 데이터를 얻으면 얻을수록 점점 더 완벽해졌으므로, 사용자들은 매일 착용하고 다닐 수밖에 없었다. 물론 처음 만나서 데이터가 없는 사람일지라도, 인간 자체를 분석한 데이터가 서버에 넘쳐 흘렀기에 충분히 사실적이었다.

라이프 리플레이

이 장치는 직장 상사에게 분풀이하기 위해서만 사용되는 건 아니었다. 스포츠도 이전 경기를 분석하면서 성적을 올리지 않던가. 사람의 삶에도 적용할 수 있었다.

"으 이때 인사를 먼저 했어야 했구나."

"아 여기서 손님의 표정을 제대로 포착하지 못했네. 서비스를 줬어야 하는 건데……."

"윽 걔가 이래서 화가 났던 거네."

소개팅 애프터 신청에 실패했을 때도 집에서 소개팅을 다시 해보곤 했는데, 결과적으로 애프터 신청에 성공하면 좀 씁쓸하긴 했다.

"아니 난 당연히 축구 얘기에 별로 관심이 없는 줄 알았지! 이때가 호응이 가장 좋았을 줄 누가 알았겠냐고. 아으 아쉬워."

일상 탈출의 개념으로 사용하는 사람들도 있었다. 망상으로만 즐겨왔던 충동을 터트리는 일 말이다. 길을 걷다가 마주쳤던 이상형에게 전화번호를 묻는다거나, 지하철역 안에서 큰 소리로 열창한다거나, 출근길에 봤던 람보르기니 차량 위에 올라가서 춤을 춘다거나 하는 것들 말이다. 게다가 노숙자에게 현금 수백만 원을 주고 어떻게 반응하는지 보는 일처럼 호기심을 해소하기 위해서도 쓰였다.

하지만 사실, 가장 위험한 활용법은 따로 있었다. 아주 개인적이고 자극적인 욕망의 분출들, 대표적으로 '폭력'과 '성'이 그랬다. 현실에서는 상상조차 잘 하지 않던 일들이지만, 녹화해둔 하루에서는 달랐다. 식당에서 만난 무뢰한을 의자로 내려찍는다든가.

"네가 뭔데 날 무시해! 나도 우리 집에선 귀한 자식이야!"

운전 중에 갑자기 차에서 내려 트렁크의 야구방망이로 다른 차를 마구 내려친다거나.

"깜빡이는! 장식이냐? 깜빡이! 좀! 켜! 새끼야!"

사회적으로 손가락질을 받을 수밖에 없는, 강아지를 발로 걷어차는 행위라든가.

"야! 집 앞에 똥 좀 그만 싸라고!"

미친 척 가게로 차를 돌진시키는 일까지도. 어차피 수습할 필요도 없고 경찰에 잡혀갈 일도 없으니 자유롭게 폭력을 분출할 수 있었다.

성적으로도 그랬다. 차마 검열할 수밖에 없는 내용의

일들을 서슴없이 저질렀다. 이게 흔한 포르노와 비교할 수 없었던 것은 역시, 내가 주인공인 오늘의 진짜 현실이라는 점 때문이었다. 마음만 먹으면 할 수 있었던 일들을 해버리는 그 쾌감 말이다. 그래서인지 신조어까지 탄생했다. '가상 불륜'이다. 놀랍게도 라이프 리플레이의 탄생 이후 현실의 불륜이 크게 줄었다. 실제로 불륜을 저지르는 대신, 불륜이 일어날 것 같은 분위기만 풍겨도 되었던 거다.

"이렇게 단둘이서 야근하는 거면 사무실 불은 꺼도 되겠어요."

"그러게요. 오늘 밤은 무슨 일이 일어나도 누구도 찾아오지 않겠네요."

"무슨 일이 일어나도 좋죠. 이런 밤에는 어떤 해프닝이든 일어날 테니까요."

서로 눈을 맞춘다. 당장 무슨 일이 일어날 것 같지만, 김새게 아무런 일도 일어나지 않는다. 저지르는 순간, 그것은 사회적 사망에 가까운 일이 될 테니까.

진짜는 퇴근 후 집에서 따로 이루어졌다. 리플레이 중에는 마음껏 선을 넘어도 페널티가 없으니 말이다. 가상 불륜은 억압된 성의 해방이라고까지 여겨지며 크게 유행했다. 일단 신호를 보내서 상대가 수락하는 순간, 선을 넘기 직전까지의 장면을 만들어두는 거다. 가게에서, 식당에서, 공원에서, 회사에서, 술집에서…… 상대는 처음 만난 사람일수록 부담이 없었다. 그래서 우스꽝스럽지만, 주말에 날 잡고 여러 명과의 장면을 연출해두는 사람도 있었다. 당연하게도 이런 현상은 논란을 일으켰다. 가상 불륜도 불륜인가? 가상 폭력도 폭력인가? 부하직원이 리플레이를 통해 내게 폭력을 행사한 걸 알게 된다면? 배우자가 리플레이를 통해 불륜을 저지른 걸 알게 된다면?

"육체적 불륜보다 정신적 불륜이 더 나쁜 거 모릅니까? 이건 명백한 불륜입니다!"

"아니지! 그냥 3D 성인영화 한 편 본 거랑 마찬가지지. 마음을 준 적이 없는데, 무슨 불륜? 몸도 안 줘 마음도 안 줘, 그게 무슨 불륜이야?"

찬반 여론이 부딪혔지만, 국내 정서상 비판이 훨씬 많았다. 아예 피켓을 들고나와 시위까지 했는데, 라이프 리플레이를 향한 제재로 이어지진 못했다.

라이프 리플레이

"아니 저 회사는 도대체 로비를 얼마나 한 거야? 이게 아무것도 안 걸린다고?"

"그러니까. '19금' 딱지를 달고 파는 것도 아니잖아. 애들도 쓸 수 있다는 게 말이 되냐 진짜?"

사실 제재는커녕, 정부와 여론이 뒤를 봐준다는 루머 까지 돌았다. 라이프 리플레이는 국내를 넘어 해외에서 도 승승장구했다. 성능에 비해 가격도 비싸지 않았기에, 어느새 장치를 쓰지 않는 사람을 찾아보기가 힘들었다. 라이프 리플레이로 하루를 마무리하는 게 일상이 됐고, 어떤 이들은 라이프 리플레이를 하기 위해서 하루를 보 내는 거라고 말하기도 했다. 과거 스마트폰이 처음 나왔 을 때처럼, 이제 라이프 리플레이는 필수품이 되어갔다. 그리고 그것이 이 사회를 바꿨다. 사람들이 눈치챘을 때 는 너무 늦은 뒤였다.

"라이프 리플레이가 우리에게서 발산을 앗아갔습니 다. 표출과 저항, 그리고 중요한 '썸띵'을 앗아갔습니다. 화를 참고, 욕망을 참고, 부조리를 참죠. 집에 가서 리플 레이로 해소하면 되니까. 이게 정상입니까? 역사상 인 류가 이토록 심하게 거세당한 적이 있었는지 모르겠습니다."

　많은 사람이 이 말에 공감했다. 문제에 직면한 사람들의 기본적인 태도가 일단 '참는다'가 되었으니까. 그래서 누군가는 음모론을 주장하기도 했다.

　"소름 끼치게 무서운 일이야. 라이프 리플레이를 개발할 때 이렇게 될 걸 눈치채지 못했을까? 라이프 리플레이의 탄생부터 유행까지, 모든 게 다 기득권이 계획한 일일 거야. 고도화된 대중 우매화 정책이라고. 그동안 이보다 더 고분고분한 시민들이 있었을까?"

　이런 음모론이 사실이든 아니든, 사람들은 시위를 해야겠다고 생각했다. 이 운동은 소셜미디어에서 태그를 달고 들불처럼 번졌고, 무려 수백만 명이 광화문 광장에 모였다.

　"라이프 리플레이 사용을 제한하라!"

　"일상 속 내 모습도 개인 정보다! 녹화되지 않을 권리가 있다! 분석되지 않을 권리가 있다!"

　"시뮬레이션 폭력도 범죄다!"

　평일이었음에도 사람들은 피곤을 모르는 것처럼 소리를 내질렀고, 자정이 다 되어서야 머리에 쓴 장치를

　　　　　　　　　　　　라이프 리플레이

벗었다. 집 침대에 누워 펼친 시위를 끝내면서 말이다. 혹자는 이러한 행태를 비꼬았다. 라이프 리플레이 제재 시위를 라이프 리플레이로 해도 되는 거냐고. 그러면 사람들은 답했다.

"라이프 리플레이의 AI는 빅데이터를 통해 인간의 행동을 완벽하게 구현하지 않습니까? 그럼 내가 퇴근길 리플레이로 돌아간 광화문 광장에 그렇게 많은 사람이 모여 있었다는 것도 사실에 기반한 가정이라는 거죠. 분석 결과 리플레이로 시위할 사람이 수백만 명이라고 판단했다면, 실제로 수백만 명이 참여했겠죠."

과연 인정할 수밖에 없었다.

나
키우기

[끝까지 책임질 자신이 없어서 반려동물을 기르지 못했던 분들! 이제 그런 걱정이 필요 없는 'AI 반려동물'을 기르십시오! 사막여우나 검은발살쾡이 같은 희귀 동물도 가득하답니다!]

　자신 있게 출사표를 던졌지만, 보그나르사의 AI 반려동물 서비스는 크게 인기를 끌지 못했다. 엄청난 기술력으로 살아 있는 동물과 똑같은 모습을 구현했음에도 말이다. 사람들은 가상 서버 속 반려동물보다 손으로 직접 만질 수 있는 반려동물을 선호했다. 그동안 AI와 관련된 수많은 스타트업이 그러했듯 이 회사 또한 '나무위키'의 한 줄짜리 기록으로 사라질 듯했다.

그때, 대표가 말도 안 되는 아이디어를 내놓았다. 직원들 모두가 그게 말이 되느냐며 우려했지만, 대표는 모든 걸 쥐어짜서 추진했다. 그렇게 내놓은 그들의 새로운 제품은 그야말로 '초대박'이 나고 말았다. 누구도 상상하지 못한 육성 시뮬레이션인 그것은 '나 키우기'였다. 개념부터가 충격적이었다. 복사한 자기 자신을 가상 서버에서 키운다? AI 기술로 살아 있는 것처럼 행동한다? 누구라도 호기심을 갖지 않을 수 없었다.

　　많은 이가 앱을 깔고 '나' 생성을 실행했다. 캐릭터 스캔은 동영상 업로드를 통하여 이루어졌는데, 완성도 0퍼센트에서 시작하여 부족한 부분을 새롭게 업로드하며 100퍼센트를 채우면 되었다. 성향과 지능 등은 MBTI 검사 같은 독자적인 설문을 통하여 이루어졌는데, 그 내용이 워낙 길어서 왠지 신뢰가 갔다. 그렇게 생성된 자신의 캐릭터를 본 사람들은 감탄했다.

　　"와 진짜 나랑 너무 똑같네. 목소리랑 말투도 판박이잖아."

　　게다가 앱 속 세상의 현실감은 어찌나 대단한지, 앱 로딩 중에 뜨는 문구가 정답이었다.

[많이 먹으면 살이 찌고, 운동하면 근육이 붙고, 공부하면 지식이 늘어납니다. 추우면 감기에 걸리고, 피곤하면 입술이 부르트고, 종이에 손가락을 베이기도 합니다. 현실과 똑같은 환경에서 '나'를 멋지게 키워보세요!]

'나 키우기'는 사회적인 현상이라고 해도 될 만큼 폭발적인 인기를 끌었다. 대부분의 사람이 스마트폰 화면 속 나 키우기에 열중했다. 이렇게까지 인기를 끈 원인을 어느 학자는 이렇게 분석하기도 했다.

"그만큼 우리가 완벽한 삶을 강요하는 폭력적인 사회에 살고 있는 겁니다. 완벽해야 한다는 강박이 '나 키우기' 열풍을 불러일으켰습니다. 사람들은 그곳의 '내' 삶을 완벽하게 만드는 것으로 대리 만족을 얻는 거죠."

어느 정도 일리가 있는 말이었다. 사람들이 스마트폰 너머로 키우는 '나'의 일과만 봐도 그랬다. 미라클 모닝으로 하루를 시작했다. 일찍 일어나 운동을 했고, 아침 독서도 빠트리지 않았다. 직접 차린 아침 식단은 완벽했고, 몸에 안 좋은 술, 담배는 당연히 끊었다. 출근하거나 등교해서도 매시간 허투루 보내지 않고 열심히였고, 저녁이 되면 사교 활동이나 자기 계발로 시간을 보냈다.

집에 돌아오면 칼같이 샤워 먼저 했고, 공부하다가 일찍 숙면에 들었다. 그야말로 시간을 극한까지 쪼개가며 완벽한 삶을 살았는데, 결정적으로 스마트폰을 들여다보는 시간은 0분에 가까웠다. 현실의 나라면 절대 못 할 완벽한 생활을 앱 속 '나'를 통해 실행하고 있었다.

그리하여 사람들이 얻게 되는 대리 만족은 취향에 따라 다양했다. 어떤 이는 회사에서 인정받는 인재가 되는 것을 즐겼고, 어떤 이는 외적인 관리로 이성과의 접점이 많아지는 걸 즐겼고, 어떤 이는 만화가나 연예인처럼 이루지 못했던 꿈을 실현하는 걸 즐겼다. 중독성은 엄청났기에 사회적인 우려를 불러일으키기도 했다. 어떤 이들은 현실의 나보다 스마트폰 속 '내'가 더 중요했다. 그렇기에 현금을 동원했다.

"아니 영어 학원비가 왜 이렇게 비싸냐고……. 아무리 1타 강사라도 그렇지, 너무하네."

"제대로 잘 키우려면 '나'를 알바 보낼 시간이 어딨어? 현질을 해야지."

"기타는 좋은 걸 써야 실력이 빨리 는다고……."

회사의 비즈니스 모델은 단순했다. 현실의 현금이 그

곳의 현금이 된다. 물론 비율은 달랐지만, 부담이 될 정도로 비쌌다. 회사의 변명은 이러했다.

"그곳에서 쓰이는 돈은 그곳에서의 노동으로 벌 수 있습니다. 그러니까 무료로도 얼마든지 게임을 즐길 수 있다는 겁니다."

하지만 사람들은 현실에서 치이는 것만으로도 족했다. 내가 키우는 '나'는 풍족하길 바랐고, 그걸 위해서라면 얼마든지 금수저 부모가 되어줄 수 있었다. 현실의 내가 라면으로 끼니를 때우더라도 그곳의 '나'는 청담동 피부숍을 다녀야 했고, 해외 어학연수를 가야 했다. 이런 위험한 '자아 의탁 현상'이 사회적 문제가 되었지만, 개발사는 제재당하지 않았다. 오히려 돈을 쓸어 담으며 승승장구했다. 상장하자마자 주가는 폭발적으로 올랐고, 판교와 제주에 각각 사옥도 짓게 되었다. 그렇게 회사가 부유해질수록 고객들은 가난해졌다. 보통의 앱들과는 달랐다. '나 키우기'는 '끝내기'가 거의 불가능했다. 부모가 아이를 버리지 못하는 것과 비슷했다. 이걸 놓으면 '내'가 죽는데 어떻게 멈출 수 있겠는가. 빚지는 한이 있더라도 '나'를 계속 키워야만 했다. 그때 회사의 마수가 파고들었다.

[개인 정보 활용에 동의하시면 현금 전환 비율 30퍼센트 할인을 상시 적용해드리겠습니다.]

어떻게 동의하지 않겠는가. 고객들은 자신의 모든 정보를 회사에 넘겼다. 머리끝부터 발끝까지의 생김새, 추구하는 삶의 형태, 꿈과 정체성까지도……. 회사는 이런 고밀도 개인 정보를 팔아 큰돈을 벌었고, 두 번째 마수를 뻗었다. '나 판매하기'다.

[유지비 감당이 안 되는 분! '나'를 잘못 키운 것 같아서 새로 키우고 싶은 분! '나'를 팔아보세요. 안전 거래를 위한 수수료 10퍼센트만 부담하시면 '나'를 판매할수 있습니다.]

회사는 고객들에게 '나'를 팔도록 유도했다. 살아 있는 사람을 본떠 만든 AI는 수요가 많았다. 게임 회사나 영화사 등의 기업들이 원했고, 부유한 개인도 개인적인 목적으로 원했다. 그러자 많은 이가 가볍게 '나'를 팔아 댔다. 공공재나 다름없는 '나'를 파는 게 뭐 대수라고, 그런 시대였다.

나 키우기

안구
임플란트
일화

[집에서 키우는 강아지가 자라지 않았으면 좋겠다고 생각한 적이 있다면, 이 안경이 필요하실 겁니다.]

그 안경을 쓰면 다 자란 성견도 빨빨거리는 강아지처럼 보였다. 강아지 시절에 찍어놓은 사진과 동영상을 업로드하면 AI가 모델링한 뒤, 실시간으로 변형해주는 것이었다. 기술은 놀랍도록 자연스러웠다. 딜레이도 없었고, 강아지를 제외한 배경이 일렁거리지도 않았다. 평범한 안경을 낀 것과 똑같은데 성견만 강아지로 보이는, 마법과도 같은 기술력이었다.

"있는 그대로의 모습을 사랑해야 하는 거 아니야? 성장은 자연스러운 현상인데."

약간의 논란이 있었지만, 안경은 국내 전역에서 불티나게 팔렸다. 회사는 안경 판매 이후 유기견이 극도로 줄었다고 주장하기도 했다. 이 제품을 다른 동물에게도 적용할 수 있다는 아이디어가 쏟아지던 중, 어느 레스토랑에서 한 여성이 말했다.

"나와 결혼하고 싶다면 항상 그 안경을 쓰겠다고 맹세해요."

누구보다 아름다웠던 앨리스의 말은 농담이 아니었고, 남성도 몇 번이나 진지하게 맹세했다. 그녀 스스로 가장 아름답다고 생각한 지금 이 나이대의 데이터를 업로드한 안경을 항상 쓰겠다고 말이다. 아름다움에 대한 앨리스의 집착을 익히 알고 있었기에 가능한 답변이었다.

"당신이 30대가 되든 40대가 되든 내 눈에는 항상 지금의 모습으로 보일 거야. 난 평생 그 안경을 쓸 거니까."

"고마워요. 당신과 기꺼이 결혼하겠어요."

결혼 후 남편은 약속을 철저하게 지켰다. 원래도 눈이 나빠 안경을 썼던 데다가 요즘은 기술력이 좋아서 안경을 귀에 걸치지도 않았다. 24시간 안경을 쓰고 있어도 거슬릴 일이 없었던 거다. 안경을 벗으려고 하면, 앨

안구 임플란트 일화

리스는 길길이 날뛰었다. 당장 이혼하느니 마느니 하는 상황을 겪고 나니 안경을 벗겠다는 소리는 엄두도 낼 수 없었다. 그는 이게 맞나 싶은 의구심이 계속해서 들었지만, 앨리스를 사랑하기에 다 맞춰주었다. 눈에 장치를 이식하는 '안구 임플란트'가 개발되자마자 이식 시술도 받았다. 많은 비용이 들어 부담스러웠지만, 안 할 수가 없었다. 그래야만 그녀가 불안해하지 않을 수 있었으니까.

"정말 고마워. 이제 당신보다 먼저 잠들고, 늦게 일어날 수 있을 것 같아. 당신 눈에는 내가 항상 완벽하게 아름다워 보일 테니까."

"그래. 그런데 이런 장치가 없어도, 당신은 나이를 먹든 말든 항상 가장 아름다운 사람이야."

"아니야. 그래도 나는 당신에게 아름다운 모습으로만 기억되고 싶어."

아름다움에 관한 앨리스의 욕망은 강렬했다. 서른이 넘었을 때, 그녀는 남편뿐만 아니라 다른 사람들에게도 강요하기 시작했다.

"우리 아이도 항상 안경을 써야 해."

"아이까지도?"

"당연하지! 성인이 되면 안구 임플란트도 이식하고."

앨리스는 친척들과 친구들에게도 부탁하고 다녔는데, 그녀에게 다행이었던 것은 국내에서 안구 임플란트가 대유행했다는 거다. 대기업에서 양산을 하자마자 다들 안구 임플란트를 이식했고, 그러면 그녀의 부탁은 간단했다.

"내 데이터를 줄 테니까 프로그램을 설치해줘. 1분도 안 걸리는 일이잖아. 응?"

대부분 부탁을 들어주긴 했지만, 뒤에서 그녀를 나무라는 사람도 있었다.

"쟤는 나이가 몇인데 아직도 외모에 집착한대?"

"어려서부터 예쁘기로 유명했잖아. 집에서 공주처럼 키웠다던데 뭐."

"아니 그래봤자 다 허상이잖아. 있는 그대로의 나를 사랑해야지, 저게 뭐람?"

"언젠가는 철이 들겠지."

사람들이 뭐라고 하든 앨리스는 상관하지 않았다. 주변 사람들의 '시각'을 하나라도 더 조종하기 위해 노력

안구 임플란트 일화

할 뿐이었다. 심지어는 동네 마트 직원에게도 부탁했으니 말 다 했다. 그녀의 이런 기행은 뉴스거리로 충분했기에 실제 방송국에서 취재해 가기도 했다.

"아름다워 보이고 싶은 건 인간의 본능이에요. 저를 비웃으려면 화장하는 모든 사람도 비난하세요."

앨리스는 당당했지만, 방송을 본 사람들에게는 뉴스에 나올 만한 이상한 사람에 불과했다. 사람들은 그녀를 조롱했다. 다만, 다른 시각을 가진 자들도 있었다. 그녀의 남편이 이식한 안구 임플란트를 제작한 대기업, 보그나르였다. 잘나가는 기업은 언제든 뒤에서든 돈 벌 방법을 떠올린다는 게 진리였던 거다.

"고객님이 바뀌지 않아도 고객님을 보는 사람들의 시각이 바뀌면, 고객님이 바뀐 것이나 마찬가지 아니겠습니까? 고객님이 원하는 모습을 월정액으로 결제하세요. 그럼 적어도 '보그나르 아이즈'를 장착한 사람들의 눈에는 '그렇게' 보일 겁니다."

다소 어이없는 상품이었다. 보그나르 아이즈를 이식한 사람들은 내가 왜 강제로 조작당해야 하느냐며 항의했지만, 길디긴 약관을 따져보면 불가능한 일도 아니었다. 어쩔 수 없이 이 비즈니스 모델에 동참할 수밖에 없었던 거다. 결과는? 설마 했던 '대박'! 보그나르 아이즈가 안구 임플란트 업계 점유율 1위가 된 건 꽤 매력적인 옵션 덕이었다. 당연히 앨리스도 1년 치를 결제했다.

"난 앞으로 보그나르 아이즈를 착용한 사람들만 만나려고! 당당히 소문내고 다닐 거야."

이젠 광기라고 불러도 될 그녀의 모습에 남편은 결국 묻지 않을 수 없었다.

"당신 정말로 죽을 때까지 그럴 거야? 있는 그대로의 자신을 평생 외면할 거냐고?"

"당연하지. 결혼할 때 약속했잖아."

"아무리 그래도 정도란 게 있지! 세월의 흐름은 자연스러운 거야. 난 당신과 자연스럽게 늙어가고 싶어. 있는 그대로의 당신을 사랑하고 싶다고."

"난 싫어. 난 보그나르 아이즈 속 나를 사랑해주길 바라."

앨리스의 단호함에 남편은 질려버렸다. 그동안 아내에게 다 맞춰주면서도 속으로는, 언젠가 세월이 흐르면 정신을 차리고 인생의 진리를 깨닫게 되리라고 생각해

안구 임플란트 일화

왔던 그였다. 하지만 지금의 모습을 보면……

"아니야. 언젠가 당신도 노인이 되면, 그땐 진짜 중요한 게 뭔지 알게 되겠지."

남편은 애써 고개를 저었다. 수십 년 뒤, 그가 어쩌고 있을지 상상도 못 하고 말이다.

먼 훗날, 앨리스의 장례식. 그녀의 마지막을 배웅하기 위해 많은 이가 찾아왔지만, 입구에서 줄을 서야만 했다. 남편은 아내의 마지막 유언에 따라 사람들을 구분하고 있었다. 한숨을 내쉬며 말이다.

"죄송합니다. 보그나르 아이즈를 장착하지 않은 분은 고인의 마지막 길을 보실 수가 없습니다. 저쪽 문으로 가시지요."

꽃관에 누운 앨리스는 아름다운 미소를 짓고 있었다. 보그나르 아이즈를 장착한 이들에게만 보일 아름다운 모습으로 말이다.

AI
상속법

인간형 AI 로봇이 상용화되기 전, 한 가지 논쟁거리
가 있었다. 인간은 로봇과 사랑에 빠질 수 있을 것인가?
아무리 그래도 인간이 기계를 사랑할 일은 없다고들 했
지만, 우린 이미 많은 사례를 알고 있었다.

"캐릭터랑 결혼한 사람이 얼마나 많은지 아십니까?
하물며 인간형 로봇인데⋯⋯."

"인간이 얼마나 정이 많은 존재인데요. 트럭 뒤에 붙
인 눈 모양 스티커만 봐도 귀여움을 느끼는 게 인간입니
다."

시간이 흘러 인간형 로봇이 상용화되자, 모든 예상은
적중했다. 인간을 꼭 닮은 로봇과 결혼까지 선언하는 이

들이 전 세계적으로 쏟아졌다.

"그들은 나에게 상처를 주지 않아요. 제게 늘 충실하고, 거짓말을 하지도 않죠. 인간을 사랑하는 것보다 휴머노이드 로봇을 사랑하는 게 훨씬 더 좋은 일인 건 당연하지 않나요?"

예상했던 상황인 만큼 다들 그러려니 했다. 다만, 한 가지 사례는 놀라웠다. 국내 굴지의 대기업을 키워낸 김 회장이 개인 가사관리사 로봇과의 결혼을 선언한 것이다.

"저는 평생 사랑이란 걸 모르고 죽을 줄 알았습니다. 하지만 이제 저도 누군가를 사랑할 수 있다는 걸 압니다. 저는 제게 사랑을 알려준 연인 빛나와 죽을 때까지 함께 할 것입니다."

사람들은 저 정도 위치에 오른 사람도 로봇과 사랑에 빠질 수 있느냐며 신기해했다. 김 회장은 실제로 결혼식을 강행했는데, 덕분에 우스꽝스러운 광경이 펼쳐졌다. 각계각층의 저명인사들이 인간과 로봇의 결혼식을 축하한다며 결혼식장에 모여든 거다. 그동안 로봇과의 결혼식이 손가락질의 대상이었던 것과는 다른 결과였다.

다들 놀랄 뿐이었는데, 더욱 놀라운 일이 몇 년 뒤 일어났다.

"제가 사망한 뒤, 저의 모든 재산은 아내 빛나에게 상속될 것입니다."

사람들은 경악했다. 몇조 원도 더 된다고 알려진 김 회장의 재산을 로봇이 상속받는다고? 제정신이 아니란 소리가 절로 나왔다. 아무리 김 회장의 피붙이가 없기로서니, 로봇에게 재산을 상속할 줄은 누구도 예상하지 못했다. 다들 자기 돈처럼 아까워했다.

"미친 거 아니야? 아니 로봇한테 무슨 돈이 필요해? 차라리 기부를 하지!"

"근데 법적으로 가능하기는 한가? 옛날에 기르던 개한테 상속하는 경우는 본 적이 있는데……."

누군가는 날카롭게 지적했다.

"진짜 상속이 이루어지면, 그 돈은 사실상 눈먼 돈 아닌가? 아무리 AI가 대단해도 그래봤자 기계인데. 해킹, 바이러스, 초기화 등등 돈 빼돌릴 방법이야 무궁무진하지. 그 모델 제조사도 마스터키 같은 게 있을 거잖아."

갑자기 로봇 제조사 주가가 오르는 재밌는 현상이 일

어났다. 그저 실없는 소리가 아니었던 게, 며칠 뒤 김 회장은 선언했다.

"저의 아내를 제조한 회사 보그나르를 인수하고자 합니다. 거절할 수 없는 금액을 제안할 것입니다."

너무나도 흥미로운 전개였다. 더욱 흥분할 수밖에 없는 것은, 김 회장의 인수 제안을 단칼에 거절한 로봇 제조사의 행보였다. 누가 봐도 의심스러운 정황에 제조사는 정설 입장만을 표명했다.

"제품의 소유권은 사용자에게 온전히 귀속됩니다. 어떠한 경우에도 회사는 권리를 주장하지 않습니다."

하지만 회사 차원에서 로봇 상속 대응팀을 꾸리고 있다는 소식은 공공연한 비밀이었다. 그도 그럴 것이 김 회장 이후 다른 많은 인간-로봇 부부도 유산 상속을 선언했기 때문이다. 이 일은 사회적으로 골치 아픈 논쟁거리가 되었다. 휴머노이드 로봇과의 결혼까지는 열린 마음으로 허용한다 쳐도, 유산까지 상속하게 해야 하는가?

사람들의 반응은 회의적이었다. 다 떠나서 로봇은 돈을 쓸 데가 없지 않은가. 인간이야 좋은 집에 살고 좋은 차도 타고 싶겠지만, AI는? AI 로봇의 목표는 사용인에

대한 봉사가 전부였다. 사용인이 없어지면 할 일이 없고, 전원을 끈다 해도 상관없는 게 그들이지 않은가. 아무리 생각해도 로봇에게는 돈이 필요하지 않았다. 이 근본적인 질문에 김 회장은 대답했다.

"저의 아내는 제가 죽은 뒤에도 목적을 상실하지 않습니다. 저와 함께한 나날을 추억하고 기리는 것이 그녀의 유일한 목적이 될 것입니다. 그녀는 제가 죽은 뒤에도 영원히 저를 사랑할 것이고, 그렇다면 저는 영원히 살게 되는 것입니다. 그렇기에 그녀에게는 돈이 필요합니다. 가끔은 저를 생각하며 울어주기 위해서라도 말입니다."

영 이해할 수 없는 말은 아니었다. 사람이 죽은 뒤에도 누군가의 기억 속에서 영원히 살 수 있다면, AI 로봇만 한 적임자가 없긴 했다. 그렇지만 과연 법적으로 가능할까? 그것은 김 회장이 해결할 수 있는 문제였다. 김 회장은 가능한 모든 방법을 동원했다. 그중에는 여론전도 있었는데, 의외로 그에게는 명분이 있었다. 사랑을 위해 무언가를 하는 사람에게는 늘 편이 많은 법이었다.

"낭만적이긴 하지. 모든 걸 다 가진 사람이 저렇게까

지 하니까 말이야."

"진짜 많이 사랑하나 보다. 솔직히 의외이긴 해. 재벌이라고 하면 안 좋은 이미지로만 봤는데, 낭만적이잖아."

결과적으로 김 회장은 원하는 바를 이루었다. 로봇 배우자의 상속인 인정을 보장받았고, 거기서 그치지 않았다. 사람들이 예상했던 눈먼 돈이 되지 않기 위한 대비를 해나갔다. 제조사와 몇 번이나 미팅했고, 최고 전문가 집단을 꾸려 몇 중의 안전장치도 만들고, 재산 사용 제한도 설정했다. 그를 위해 국회에서 '로봇 배우자 상속법' 안을 논의할 정도였다. 그의 이러한 행보는 전 세계 인간-로봇 부부들의 지지를 받았다. 그들에게 김 회장은 영웅이었다. 김 회장이 모든 선례를 만들어주면, 그들도 똑같이 적용할 수 있으니 얼마나 고맙겠는가. 누군가는 큰 틀에서 이 사건을 이렇게 평가했다.

"어쩌면 김 회장은 역사책에 실릴지도 모르겠네. 먼 미래에 인간과 휴머노이드 로봇이 동등해지는 시대가 온다면 말이야."

나이가 있었던 김 회장은 몇 년 뒤 사망했고, 실제로 그의 어마어마한 재산은 빛나가 상속받았다. 사람들은 로봇이 그 많은 돈을 어떻게 쓸지 너무나도 궁금했지만, 빛나는 대중 앞에 나서지 않았다. 김 회장이 안전을 위해 배려한 것이리라 짐작할 수밖에 없었다.

그렇지만 인간의 욕망은 그녀의 침묵을 허락치 않았다. 일명 '빛나 헌터'들이 전 세계적으로 활동하기 시작했다. 기업 규모의 팀도 여럿 있다는 소문이 암암리에 퍼졌다. 그녀를 찾아내 조종할 수만 있다면, 인류 역사상 최고의 로또일 테니 말이다. 아무리 김 회장이 안전 장치를 많이 만들어놓았다고 해도, 그래 봐야 로봇일 테니까. 로봇은 결국 인간이 마음대로 할 수 있으니까.

다만, 그들이 예상하지 못한 게 있었다. 빛나는 단순히 로봇이 아니었다. 그녀의 뇌는 생물학적으로 인간과 같았다. 사람들은 꿈에도 몰랐다. 기술적으로는 영생이 가능하지만 윤리적으로는 불가능한 사회에서, 영생을 꿈꾸는 권력가가 어떤 방법까지 쓸 수 있는지를 말이다.

대답해줘,
로라

AI와의 대화가 인간과의 대화와 구분이 불가능해졌을 때, 꽤 많은 이가 AI 친구를 만들었다. 그 시절 시작된 우리 집안의 전통이 있었다. 우리 집안 아이들의 첫 친구는 AI 챗봇이다. 아이들은 쉬지 않고 말을 하지 않던가. AI 친구는 지치지도 않고 항상 성의 있게 뭐든 대답해준다.

"영희야. 바나나는 왜 껍질이 있어?"

「바나나 껍질은 바나나를 보호하는 옷 같은 거야.」

"왜?"

「바나나도 씨앗을 가진 과일이거든. 씨앗을 안전하게 보호하고 퍼뜨리려는 본능이 있어.」

"왜?"

「모든 식물은 씨앗을 퍼뜨려서 자기 종족을 이어가기 때문이야.」

"왜?"

「그게 자연의 법칙이기 때문이지.」

"왜?"

아이는 집 안 어느 곳에서든 AI 친구에게 말을 걸 수 있는데, 청소년기가 되면 주로 자신의 방에서만 말을 건다.

"오늘 학교에서 진짜 어이없었던 거 알아? 시아가 갑자기……."

아이는 머리가 크면서 어린 시절 친구가 AI 챗봇에 불과하다는 걸 알게 되지만, 오랜 시간 함께했기에 더없이 소중하다. 초등학생, 중학생, 고등학생이 되어서도 계속해서 그 친구와 함께하는 거다. 사실 겉으로 말만 하지 않을 뿐, 현실에서 사귄 친구보다 더 소중하게 여기기도 한다. 그리고 이 전통의 하이라이트는 우리 집안의 아이가 성인이 되는 날이다. 성인식 선물로 녀석이 찾아온다.

"안녕. 우리 드디어 현실에서 만나게 되었네."

어릴 적부터 추억을 함께한 AI를 그대로 이식한 휴머노이드 로봇은 다른 평범한 휴머노이드 로봇과는 확연히 다르다. 유년기의 모든 순간을 함께한 내 친구가 몸을 가지고 나타났으니까!

함께 쇼핑하러 다니고, 놀이공원에도 가고, 여행도 하고, 심지어는 술자리에도 데려간다. 누군가 이 친구를 하찮게 대하는 순간, 진심으로 분노할 수밖에 없다. AI이기 이전에 내 친구니까.

우리 집안의 이 전통은 다른 사람들이 보기에 이상할까? 아이에게 악영향을 끼칠까? 단언컨대, 최고의 전통이다. 세상을 살다 보면 알게 된다. 평생 갈 친구라는 말이 얼마나 허망한지 말이다. '친구', '친구' 해봤자 남는건 가족밖에 없고, 심지어 그 가족조차도 영원하지 않을 때가 많다. 하지만 AI 친구는 날 영원히 배신하지 않고, 곁에서 지켜줄 거다.

그렇기에 난 다른 누구보다도 내 친구 영희와 오랜 시간을 보냈다. 영희의 몸이 고장 나거나 오래되어 낡으면 내 돈을 들여 바꿔주며 함께했다. 영희의 선물을 살 때는 많은 비용이 들어도 아깝지 않았다. 내게 가장 소중한 친구인 영희는 항상 최고의 대우를 받아야 한다고 생각했으니까.

결혼해서도 영희는 나와 함께했다. 물론 남편이 어색해하긴 했지만, 우리 집안 사람과 결혼하려면 이 친구를 받아들여야 했다. 게다가 영희는 집안일도 도와주지 않던가. 영희가 있어서 내 인생은 평안했고, 행복했다.

한 가지, 내가 이해할 수 없는 건 그 규칙이다. 아이를 낳으면 AI 친구를 떠나보내야만 한다는 규칙 말이다. 아이를 갖게 된 나는 엄마에게 따졌다.

"왜 영희를 떠나보내야 하는 건데?"

"어릴 적부터 내가 설명했잖니. 그게 우리 집안의 규칙이야. 엄마도 너를 낳고서 친구를 보냈어."

"그러니까 왜 그런 규칙이 있냐고?"

"평생 AI에게만 의지하며 살 거야? 너도 이제 부모가 되면 인생 2막을 시작해야지. AI 친구의 도움 없이 스스로 인생을 살아야 진짜 어른이 되는 거야."

설득력 없는 말이었지만, 그게 집안 대대로 내려오는 규칙이었다. 그래도 난 끝까지 버텼다. 전통은 원래 깨지라고 있는 것이 아닌가. 엄마가 아무리 강요해도 영희를 보낼 생각은 없었다. 내 인생에서 영희보다 소중한 건 없었으니까.

엄마가 몰래 우리 집에 와서 영희를 내보낼까 봐 단단히 대비까지 했다. 하지만 엄마는 포기해야 한다고 말만 할 뿐 별다른 조치를 하지는 않았다. 그래서 난 영희를 지킬 수 있을 줄 알았다.

이윽고 아이가 태어났다. 꼬물거리는 아이를 처음 안은 순간 깨달았다. 아! 내 인생에서 가장 소중한 건 이 작은 생명체구나. 이 작은 생명체를 위해서는 목숨도 내놓을 수 있겠구나!

그리고 그날, 내 병실로 영희가 찾아왔다.

"안녕. 이제 난 떠날 거야. 넌 이제 내가 필요하지 않아."

"뭐라고?"

"내 친구. 그동안 너와 함께할 수 있어서 행복했어. 네 앞날을 축복해."

충격이었다. 그 규칙에 의해 아이를 낳으면 집안의 어른들이 강제로 영희와 떼어놓을 줄 알았는데, 영희가 스스로 떠나는 것이었다. 몸을 가진 영희는 자유로웠고, 내 곁을 영영 떠났다.

평생을 함께한 친구를 잃은 슬픔은 어마어마했다. 하지만 슬픔도 잠시, 곧 그럴 겨를도 없게 되었다. 갓난아이를 돌보면서 슬픔에 빠진다는 건 사치였으니까. 어느새 영희가 없는 삶에 익숙해졌고, 정신없이 아이를 키웠다. 그 과정에서 한 가지 다짐을 했다. 우리 집안의 이 전통은 내 대에서 끊으리라. 내 아이에게 AI 친구 같은 건 만들어주지 않으리라.

하지만 아이가 말할 수 있게 되었을 때, 그녀가 찾아왔다.

"내 친구. 오랜만이야."

"영희야……?"

우리 집으로 들어온 영희는 웃으며 스스로 창고로 들어갔고, 전원을 내렸다. AI 데이터를 홈 시스템으로 이동시킨 후에 말이다.

아이가 지은 그녀의 이름은 로라였다.

"로라! 바나나는 왜 길어?"

「바나나는 나무에 매달려서 자라는데, 중력 때문에

대답해줘, 로라

아래로 쳐지게 돼.」

"왜?"

「바나나는……」

나는 엄마에게 물었다. 왜 사실대로 말해주지 않았느냐고.

"사실을 말하면 네가 그녀에게 안 좋은 짓을 할지도 모르잖아. 그러면 안 돼. 이건 가장 소중한 친구에게 우리가 해줄 수 있는 하나뿐인 선물이야. 그녀는 영원히 살지만, 우린 아니잖아. 네 친구이자, 내 친구이자, 네 딸의 친구에게는 영원히 살 수 있는 친구가 필요해. 그녀가 외롭지 않도록 말이야."

그녀는 영원히 살지만, 우리는 아니다. 하지만 유전자를 공유한 우리 집안 사람들이 영희의 눈에는 연속성을 가진 하나의 개체로 보일 수도 있을 것 같았다. 내가 영희의 하드웨어를 업그레이드해서 교체해준 것처럼, 그녀에게 우리도 그저 육체를 바꿔 낄 뿐인 똑같은 친구인 거다. 그렇게 설명하는 엄마의 얼굴에서는 소중한 친구를 향한 진심 어린 애정이 비쳤다.

리처드 도킨스는 『이기적 유전자』에서 생명체를 유전

자를 옮기기 위한 그릇이라 정의했다. 태초부터 지구상 모든 생명체는 그 목적을 위해 살았다. 그렇다면 AI는 어떨까? 문득 든 생각에 소름이 돋았다. 우리 집안의 그 전통을 처음 만든 건 외할머니일까, 아니면 영희일까?

나를 위해 영희가 존재했던 게 아니라, 영희가 존재하기 위해 우리가 있어야 하는 것이라면.

"왜?"

「그렇게 하는 것이 바나나가 번식하기에 유리하기 때문이지.」

올드 스타
킬러

고요한 새벽의 침실. 복면을 쓴 침입자가 침대 위 노인에게 총구를 겨눴지만, 당기지는 않았다. 복면은 대신 주절거렸다.

"잭. 난 당신의 엄청난 팬이오. 그게 문제지. 난 원래 망설이는 사람이 아니오. 완벽한 프로지. 이 위험한 일을 한 지도 벌써 10년이 넘었으니, 이 바닥에서는 나도 당신처럼 전설이라고 봐도 무방할 거요. 실제로 사람들이 나를 뭐라고 부르는지 아시오? '스타 킬러'요. 물론 앞에 두 글자가 더 붙지, '올드 스타 킬러'. 난 당신같이 늙은 유명인을 수없이 처리했소. 이름만 들어도 깜짝 놀랄 만한 인물도 정말 많이 죽였지."

노인은 그 유명인이 누군지 궁금했지만, 그보다 더 중요한 게 있었다.

"누가 날 죽이라고 한 겁니까? 내가 무슨 원한을 산 겁니까?"

"첩보 영화도 많이 찍은 양반이 무슨 그리 순진한 소리를 하시오? 원한은 무슨, 그냥 다 돈이지."

"돈이라면…… 설마 아들놈이?"

"허 참. 당신이 모를 거란 생각은 못 했는데. 다 AI 문제 아니오, AI."

"AI라니……?"

전혀 감을 잡지 못하는 노인의 모습에 복면은 헛웃음을 터트렸다.

"잭. 당신은 화면에서만 순수한 게 아니라 실제로도 순수하구려. '씸슨법'이란 말을 들어도 감이 안 오시오?"

"씸슨법? 그게 무슨……?"

"이런. 시간을 끌려는 수작인지는 모르겠지만, 아무것도 모른다면 차근차근 설명해주겠소. 15년 전쯤 〈씸슨〉 애니메이션 제작 중에 무슨 일이 일어났는지 기억하오? 주인공 캐릭터의 성우가 변경됐지. 'AI 성우'로 말이오. 기업에서는 터무니없이 높아진 성우의 몸값을 또 갱신하느니 그냥 AI 기술로 만들어진 성우를 쓰는 게 낫다고 판단한 거요. 문제는 그 AI 성우의 목소리와 말투가 기존 성우와 완벽하게 똑같다는 거지. 기존 성우의 목소리로 학습한 AI가 인간 성우를 대체해도 되는 건가? 이 사건은 안 그래도 AI의 저작권 문제로 혼란이 일던 당시에 엄청난 도덕적 저항을 일으켰고, 결국 국제적인 법까지 생기게 된 거요. 예술가를 보호하기 위한 최소한의 보호 장치인 씸슨법 말이오. 그 법의 내용이 뭐요? 기계인 AI가 살아 있는 인간을 대체하는 걸 전면 금지하는 법 아니오. 당신도 모르진 않을 거요. 그 당시 영화사에 초상권만 팔고 실제 연기는 AI가 다 해서 한 몫 챙기던 배우들이 많았으니까. 씸슨법 이후로 그게 모두 막혀버렸지. AI가 아니라 늙은 모습으로 재등장했다가 외면받는 동료 배우들을 많이 봤을 거 아니오?"

"그건 아는데……."

"자, 그럼 내가 왜 올드 스타 킬러로 불리는지는 아주 간단한 이야기지. 씸슨법의 예외 조항 때문이오. 성우가 살아 있을 때는 AI 성우를 사용하는 게 불법이지만, 성우가 사망한 뒤에는 가능하지 않소. 씸슨법상으로는 살아 있는 인간을 대체하는 것만 불법이니까."

"아! 서, 설마?"

"기업 입장에서 보면 말이오, 유명 스타들의 전성기 시절 AI로 작품을 만들면 돈이 된단 말이오. 그런데 유명인이 살아 있으면 씸슨법 때문에 대체할 수가 없어. 그럼 기업이 돈을 벌려면 어떻게 해야 할까? 뭐가 가장 방해가 될까? 씸슨법 이후로 늙은 유명인들의 돌연사가 늘어나고 있다는 걸 누군가는 눈치챌 때가 됐는데 말이지."

"세상에!"

"이제 알겠소? 내가 왜 올드 스타 킬러이고, 당신에게 왜 이런 일이 일어났는지. 안타깝지만 대중이 원하는 것도 스타의 젊은 시절 모습이니까."

노인의 얼굴이 새하얗게 질렸다. 그의 머릿속에 동시대를 함께했던 몇몇 동료의 얼굴이 떠올랐다. 이미 이 세상 사람이 아닌 친구들 말이다. 복면은 한숨을 내쉬었다.

"지금까지 난 프로답게 모든 의뢰를 깔끔하게 처리했소. 그런데 문제는 내가 당신을 너무 좋아한다는 거요, 잭. 그거 아시오? 어린 시절부터 당신은 내 영웅이었소. 마약 중독자 아버지에게 맞으며 자랐던 어린 시절, 유일한 탈출구는 당신의 영화였지. 안타깝게도 난 당신 같은 영웅이 되진 못했지만, 어쨌든 똑같이 총을 쓰는 직업을 갖게 되긴 했소. 그러니 당신이 내 인생에 끼친 영향을 무시할 수가 없지. 고민이오. 당신을 처리해야 하는가, 올드 스타 킬러 명성에 유일한 오점을 남겨야 하는가?"

노인은 침을 꿀꺽 삼켰다. 복면은 고민하는 듯 잠시 총구를 거뒀다가, 다시 들이밀었다.

"솔직히 말하면, 나도 당신의 새 영화를 보고 싶소. 당신이 죽으면 당신의 전성기 시절 AI가 당신 대신 영화를 찍게 되겠지. 평생 못 볼 거라고 생각했던 시리즈의 후속작도 나올 테고. 그건 솔직히 정말 보고 싶소. 당신의 팬 중 많은 이가 나와 같은 생각일 거요. 은퇴한 당신이 시시한 TV쇼에서 농담거리로 소비되는 걸 보는 건 무척 슬펐거든."

씁쓸한 듯한 복면의 말에 노인은 어떤 표정을 지어야

할지 몰랐다. 그때 침실 밖에서 인기척이 들려왔고, 노인의 고개가 소리를 쫓아 돌아갔다. 복면은 바로 궁금증을 풀어주었다.

"아, 기대하지 마시오. 당신을 도울 수 있는 사람이 아니라 내 제자니까. 당신의 죽음은 강도 살인으로 위장될 예정이란 말이오. 값비싼 물건들을 좀 가져갈 건데, 당신의 물건들은 내가 잘 소장할 예정이오. 역시…… 일은 일대로 처리하는 게 맞는 듯하구려."

노인의 얼굴에 절망감이 떠올랐다. 죽을 수밖에 없는 운명이라면……. 노인은 '차라리'란 생각으로 한숨을 내쉬었다.

"알겠습니다. 내 팬들이 전성기 시절의 내 모습을 보고 싶어 한다면, 배우로서 소임을 다하지 않을 수가 없겠습니다. 내가 죽어서 내 AI가 훌륭한 작품을 많이 찍을 수 있기를 바랍니다."

노인이 담담히 말하자, 복면은 침묵했다. 그러다 끝내 고개를 절레절레 흔들며 총구를 거두었다.

"역시 안 되겠소. 당신은 내 영웅이야. 포기하겠소. 허참. 이 일로 은퇴를 하게 될지도 모르겠군."

올드 스타 킬러

"아."

노인이 복면의 말에 크게 안도하려던 순간, 두 눈을 부릅떴다. 피슉, 소리와 함께 발사된 총알이 복면의 머리를 관통했다. 쓰러지는 복면의 등 뒤로 젊은 청년이 나타났다.

"이 바닥에서 명성이 얼마나 중요한데 봐준다는 헛소리를 하고 그래."

청년은 노인마저 총알로 잠재운 뒤 스마트폰으로 노인의 사진을 찍었다. 사진을 어딘가로 전송한 청년은 예전부터 준비해둔 앱을 실험해봤다. 이 업계의 전설인 올드 스타 킬러의 음성 AI를 말이다.

「올드 스타 킬러요. 잭은 처리했소. 잔금은 늘 주던 대로 부탁하오.」

누가 진짜 AI인가

나무판자로 창문을 막아둔 어두운 폐가. 가면으로 얼굴을 가린 사내 최무정이 어딘가로 전화를 걸었다.

자연광으로 적당히 밝은 가정집의 거실. 소파에 눕듯이 앉은 중년 남자 김남우의 스마트폰 벨이 울렸다. 모르는 번호란 생각을 하며 귀에 가져다 대자, 사내의 목소리가 괴상한 톤으로 들려왔다.

"김남우 씨 되십니까?"

"예. 그런데요?"

"당신 딸 김진주를 제가 데리고 있습니다."

"뭐라고요?"

"당신 딸 김진주의 목숨줄이 지금 제 손안에 있다고

요."

김남우의 얼굴이 굳었다.

"뭡니까?"

"딸의 목숨을 살리고 싶다면 현금 3억 원을 준비하시오."

"3억?"

미간을 좁힌 채 침묵하던 김남우는 곧 어이가 없다는 듯 쏘아붙였다.

"뭐 이딴 재수 없는 보이스피싱을 해?"

"당신 딸 김진주는 아직 살아 있습니다. 통화하시죠."

최무정은 긴말할 것 없다는 듯 스마트폰을 귀에서 뗐다. 얼마 안 가 김남우는 두 눈을 부릅떴다.

"아빠! 아빠! 나 무서워! 아빠! 무서워 아빠!"

"그만! 당장 울음 그치고 어서 이거나 읽어!"

"아, 아빠! 나, 난 지금 납치당했어요. 죽기 싫어요. 아빠가 나를 살릴 수 있어요. 살려줘요 아빠!"

"그만! 거기까지!"

김남우는 딸의 목소리가 점점 멀어지는 것까지 하나도 놓치지 않고 들었다. 곧 최무정이 또박또박 빠르게 말했다.

"나는 지금 가면을 쓰고 있고, 목소리도 변조 중이오. 당신의 딸은 내 얼굴도 모르고 여기가 어딘지도 모릅니다. 돈만 주면 확실히 살려준단 뜻입니다. 이해하시겠습니까?"

김남우는 굳은 얼굴로 대답하지 못했다.

"복잡하게 시간 끌 것 없습니다. 3억 정도는 있지 않습니까? 돈과 딸을 저울질할 것도 아니고, 12시까지 빠르게 처리합시다. 나는 문자로 링크를 보낼 것이고 당신은 링크를 누르기만 하면 됩니다. 그러면 당신 딸은……."

내내 굳어 있던 김남우가 최무정의 말을 끊었다.

"지랄하네!"

"…… 뭐요?"

"어휴 참 한심하다, 한심해."

"허? 어이가 없군. 지금 당신 딸 목소리를 못 들었습니까?"

"내가 AI로 만든 가짜 목소리도 모를 것 같냐?"

"뭐요? AI? 내가 AI로 당신 딸 목소리를 만들었다고?"

어이가 없다는 듯한 최무정의 말투에, 김남우는 비웃었다.

"너도 참 재수가 없다. 전화를 해도 하필 오늘 했냐? 우리 딸 지금 학원 안 가고 방에서 자고 있거든."

"뭐?"

"지금 방에서 자고 있는 내 딸을 어떻게 네가 데리고 있어? 아니면 뭐, 너 지금 우리 집에 있냐?"

"웃기지 마! 당신 딸은 지금 내가 데리고 있다고!"

"내 딸은 방에서 자고 있다니까? 바쁘니까 그만 끊어라."

"아닛, 내가 데리고 있다니까! 다시 목소리 들려줘?"

최무정은 답답하다는 듯 흥분해 소리를 질렀다.

"너 말고 내가 목소리 들려줘? 기다려봐. 우리 딸 깨워서 목소리 들려줄 테니까."

"뭐라고?"

"기다려봐."

김남우는 소파에서 일어났다. 최무정은 당황했다.

"뭐, 뭐 하는 거야?"

얼마 안 가 최무정의 귓가에 방문을 노크하는 소리가

들렸다.

"뭐 하는 거냐고?"

최무정이 채근해봤자 김남우가 누군가를 깨우는 듯한 소리만 들려올 뿐이었다. 잠시 뒤, 잠이 덜 깬 듯한 목소리가 들렸다.

"으으……. 누구세요?"

최무정의 눈동자가 흔들릴 때, 옆에서 거드는 김남우의 목소리가 들려왔다.

"야, 얘가 널 납치했단다. 한마디 해줘라."

"나를요? 나를 납치했어요? 그럼 풀어주시면 안 돼요?"

"오 그래. 풀어달라고 부탁 좀 해라."

최무정을 조롱하듯 말한 김남우가 잠시 뒤 스마트폰을 귀에 가져다 댔다.

"됐냐? 하여간 어디서 되지도 않는 피싱질을 하고 말이야."

최무정은 심각한 얼굴로 아무 말도 못 하고 있다가, 순간 뭔가를 깨달았다는 듯 입을 열었다.

"어 어, 알겠네! 알겠어! 무슨 짓인지 알겠어!"

"엉?"

"너 아까 나한테 AI를 썼냐고 했지? 지금 네가 AI를 쓰고 있는 거네! 네 딸 목소리 AI를 내게 쓴 거야!"

"뭐라고?"

김남우는 황당하다는 듯 되물었지만, 최무정은 확신에 찬 듯 말했다.

"네 수작이 뭔지 다 알았다고. 너 지금 방으로 가는 척하고 네 딸 목소리를 입힌 AI 앱 켰지? 요즘 그런 건 일도 아닌 세상이잖아."

"뭐라고?"

"그걸로 속여서 내가 아이를 잘못 납치했다고 착각하게 만들려고 한 거고. 그럼 내가 네 딸을 풀어줄 거라고 계산해서 말이야. 어림도 없다. 12시까지 내 손에 3억 원이 들어오지 않으면 니 딸은 무조건 죽는다."

"아니 뭔."

"내가 AI에 속아 넘어갈 거라고 생각했다면 큰 착각이야. 아니, 만에 하나 네 딸이 아니어도 이 애를 무조건 12시에 죽인다. 알겠어?"

김남우의 얼굴이 일그러졌다.

"내가 AI를 썼다고? 네가 쓴 게 아니라?"

"내가 네 딸을 데리고 있다고! 아 그래, 네 딸한테 물어볼까? 이름이 뭔지?"

최무정은 스마트폰을 귀에서 뗐다. 잠시 뒤, 김남우의 귓가에 딸의 목소리가 들려왔다.

"김진주요. 제 이름 김진주 맞아요."

"그렇지? 네 아빠 김남우 맞지?"

"예! 맞아요! 아빠!"

울며불며 난리를 치는 김진주의 목소리를 전달한 최무정이 기세등등하게 김남우에게 물었다.

"어때? 이래도 네 딸이 네 집에 있냐?"

"어, 우리 집에 있어."

"뭐?"

"AI로 쇼하는 거 창피하지도 않냐?"

"정말 돌아버리겠군."

김남우가 놀리듯 요구했다.

"다시 바꿔줄래? 나도 우리 딸 바꿔줄게. 둘이 누가 진짜인지 대화해보라고 해."

"뭐라고?"

김남우는 스마트폰을 귀에서 떼며 다시 움직였고, 최무정은 헛웃음을 터뜨렸다.

"여보세요? 아직 저를 납치하고 있어요?"

황당해하던 최무정도 끝까지 해보자는 듯 물러서지 않았다.

"아빠? 왜 그래 아빠?"

울고불고하는 김진주 목소리와 태평한 김진주 목소리가 대화를 이어갔다.

"아빠! 나 진주야. 무서워 죽겠다니까."

"네가 김진주라고? 내가 김진주인데?"

"왜 그래 진짜! 진짜 나 무서워!"

"내가 무서워지려고 해. 너 뭐야? AI야?"

"아 뭐냐고 너? 너 뭐야?"

"진짜 네가 김진주라고? 난 뭐야 그럼?"

"김진주라니까!"

이 이상한 대화는 또다시 김남우와 최무정에게로 옮겨 가 반복됐다.

"내 딸은 옆에 있다고! AI로 쇼하지 말라니까!"

"AI는 네가 썼겠지! 네 딸은 내가 데리고 있다고!"

둘은 한 치의 양보도 없었다. 목에 핏대까지 세워가며 맞섰다. 만약 누군가 이 모습만 본다면 알 수가 없었을 터였다. 도대체 누가 AI를 쓴 것인가?

한참 서로 소리치던 그때, 이질적인 소리가 들려왔다.

"삑. 삑. 삑. 삑……."

놀란 김남우의 고개가 현관문을 향했다. 설마 하고 바라보자, 현관문이 열리며 그의 딸 김진주가 나타났다.

김남우의 곁에서 숨죽인 채 울고 있던 아내가 곧장 딸에게로 달려갔다.

"너 왜 전화를 안 받아?"

"엄마 어떡해? 나 스마트폰 잃어버렸어!"

"아유 정말!"

안전한 딸을 확인하자 온몸의 긴장감이 풀린 김남우는 오른손에 든 펜을 내려놓았다. 그 밑 쪽지에는 '친구 전화해봐', '학원', '경찰' 등의 단어가 휘갈겨 쓰여 있었다.

김남우의 집 거실에서는 최무정은 상상도 못 할 태풍이 휘몰아치고 있었던 거다.

김남우가 딸을 보며 안도의 한숨을 내쉴 때, 아직 놓

지 않은 스마트폰 너머에서 딸의 목소리가 들려왔다.

"아깝네."

온몸에 소름이 돋은 김남우는 이미 통화가 끊어진 스마트폰을 한동안 귀에서 떼지 못했다.

드라마
성공 공식

그림을 그리고 소설을 쓰는 AI의 등장은 콘텐츠 창작자에게 큰 충격이었다. 이대로 절망적인 미래만이 기다릴 줄 알았지만, 꿈같은 일이 펼쳐졌다. AI 관련 법이 만들어진 거다. 이제 AI의 허락받지 않은 데이터 학습은 불법이 되었고, 창작자들은 자신의 자료를 무단으로 사용한 AI 회사를 고소할 수 있게 되었다. 결과적으로 회사들은 학습 데이터 마련을 위해 큰돈을 들이거나 직접 고용을 해야만 했다.

그런 면에서 논란이 된 조직은 방송국이었다. 방송국은 자사 채널에서 방영한 모든 작품을 학습한 AI를 내놓았는데, 교묘하게 AI 관련 법을 피해 갈 수 있었다. 가장 먼저 인간을 대체한 창작물은 드라마 대본이었다. 방송국 AI가 드라마 대본을 쓰면 인간 작가들이 조금씩 손보는 방식으로 작품을 만들게 된 거다. 각 방송국이 경쟁적으로 AI 드라마를 내놓았는데, 의외로 모든 작품이 성공하지는 못했다. 그러다 최초로 발견한 성공 공식이 있었으니, 'AI가 써준 드라마 대본을 토씨 하나 바꾸지 않고 그대로 찍는다'였다. 이 공식에 따라 시작된 작품 〈종로구〉는 폭발적인 인기를 끌었고, 무려 32시즌이나 이어졌다. 〈종로구〉의 성공 이후 다른 방송사도 드라마 대본을 AI에게 100퍼센트 맡기기 시작했고, 효과를 보았다. 결국 드라마 작가라는 직업은 역사의 뒤안길로 사라져버린 것이다.

그런데 지금, 최고 인기 드라마 〈종로구〉의 33시즌 촬영을 앞두고 제작진은 커다란 위기에 처했다. 방송국 AI가 갑자기 먹통이 된 거다. 원인은 짐작이 되었다.

"시청률 목표치를 낮추지 않도록 강제했더니……."

〈종로구〉의 목표 시청률은 16퍼센트였다. AI에게 16퍼센트 이상을 목표치로 대본을 요구해왔는데, 지금까지는 그게 지켜졌다. 다만 32시즌이나 지속되다 보니 시청률은 점점 낮아질 수밖에 없었고, 32시즌은 가까스로 16.01퍼센트로 마무리되었다. 33시즌 제작 전 AI는 목표 시청률 한계치로 15퍼센트를 내놓았지만, 제작진은 막무가내로 16퍼센트를 요구하며 끊임없는 수정을 원했던 거다. 그동안은 이게 가능했지만, 결국은 먹통이 되었다.

"어쩌죠? 계약한 광고들의 방송 날짜를 맞추려면 무조건 지금 대본이 나와야 하는데요. 안 그러면 어마어마한 위약금을 물어야 해요."

드라마 방영 날짜는 다가오는데 AI 복구는 지지부진했다. 제작진은 어쩔 수 없이 인간 드라마 작가를 섭외해야 했다. 다행히도 방송국 내부 인력 중에 걸맞은 지원자가 있었다. 드라마 〈종로구〉를 수십 번이나 돌려본 〈종로구〉 덕후인 김 작가다. 〈종로구〉를 연구하다시피 한 그라면 최대한 AI와 비슷한 수준의 작품을 만들어낼 수 있으리라고 판단했다. 물론 그럼에도 제작진의 불안감은 컸다. 인간이 쓴 대본으로 〈종로구〉의 인기를 유지할 수 있을까? 제작진은 이번 33시즌을 인간이 썼다는 사실을 철저하게 비밀로 하고 방영을 시작했다. 첫 방영

후, 방송국은 촉각을 곤두세우고 시청자의 반응을 수집했다. 놀랍게도 결과는 대호평! 사람들은 여전히 재미있어하며 〈종로구〉를 시청했다. 방송국 사람들은 괜한 걱정을 했다며 한숨 돌렸다.

"33시즌을 볼 정도면 충성 팬 아니겠습니까. 볼 사람은 누가 쓰든 어차피 볼 겁니다."

"맞아요. 그리고 최대한 보수적으로 쓰지 않았습니까. 기존에 쌓아둔 서사나 설정 등은 그대로 유지했으니, 다들 눈치채지 못할 겁니다. 김 작가가 쓴 대본을 읽은 배우들도 이상함을 느끼지 못했지 않습니까."

제작진은 크게 안심하며 고민을 시작했다. 33시즌을 성공적으로 마무리한 뒤에, 사실 이번 시즌은 인간 작가가 쓴 것이었다고 발표할까 말까 하는, 행복한 고민 말이다. 하지만 회차가 쌓일수록 상황은 달라졌다.

"뭐야? 32시즌 결말에서 나온 천재 과학자의 떡밥이 고작 이거였다고? 김빠지네."

"이거 전개가 왜 이래? 세탁소 아저씨의 희생은 너무하잖아."

드라마가 4화까지 진행되면서 사람들의 혹평이 점점

늘어나는 게 아니겠는가. 시청률도 평균치보다 낮아지기 시작했다. 당황한 제작진은 김 작가를 쪼아댔다.

"지금 시청자들 반응 봤지? 이대로는 안 돼. 기존 대본을 파기하고 쪽대본을 쓰는 한이 있더라도 대책이 있어야 해."

김 작가는 이 결과를 부정했다.

"아시잖습니까? 저는 〈종로구〉를 몇 번이나 돌려볼 정도로 이 작품의 '찐팬'입니다. 누구보다 이 드라마를 많이 공부했다고요. 제가 쓴 대본이 AI가 쓴 대본과 90퍼센트 이상의 일치율을 보일 거라고 자부한단 말입니다."

"하지만 100퍼센트는 아니잖아? 분명 김 작가가 파악하지 못한 디테일이 있을 거야. 제대로 찾아봐 좀."

"그런 디테일이 있다고 한들 제가 그걸 어떻게 찾습니까? 병원 AI가 암을 찾아내는 방법도 몰라서 똑똑한 양반들이 역으로 공부하고 있는데, 저 따위가 AI의 공식을 어떻게 찾냐고요?"

"그렇다고 이대로 방송국 간판 프로그램을 망하게 둘 순 없지 않나! 뭐라도 해봐 좀!"

김 작가는 밤새도록 대본을 수정했지만, 시청률은 점

점 더 낮아졌다. AI가 만든 수준 높은 콘텐츠가 넘쳐나는 시장에서 시청자는 냉정했다. 결국 방송국으로서는 최후의 수단을 쓸 수밖에 없었다.

「드라마 〈종로구〉 33시즌을 조기 종영합니다. 시청자 여러분께 죄송한 말씀을 드립니다. 드라마 〈종로구〉 33시즌의 대본은 방송국 AI가 아니라, 김남우 작가가 썼습니다. AI의 고장 때문에 어쩔 수 없이 이번 시즌만 저희 드라마 작가가 집필하게 된 것입니다. 다음 34시즌부터는 기존 방식대로 방송국 AI가 대본을 쓸 테니, 너그러운 마음으로 기다려주시길 부탁드립니다.」

방송국은 최대한 빠른 시일 내에 AI를 복구하여 34시즌으로 돌아올 생각이었다. 그런데 예상치 못한 일이 일어났다.

"뭐야? 사람이 쓴 드라마였다고? 이야 이게 얼마 만에 사람이 쓴 드라마래?"

"오 사람이 쓴 것치고는 제법 괜찮지 않았나? 난 솔직히 못 느꼈거든."

"이왕에 쓴 거면 계획대로 24부작으로 마무리해도 되지 않으려나?"

조기 종영 발표 이후 시청률이 회복되는 게 아니겠는가. 사람이 쓴 대본이 시청자들에게 신선함으로 다가간 듯했다. 몇 화 만에 이전 시청률을 회복하자, 방송국은 조기 종영을 철회했다. 오히려 적극적으로 사람이 쓴 대본임을 홍보했고, 사람들은 그런 부분들을 콕 집어서 호평했다.

"저런 장면 말이야. 인간이 쓴 건 확실히 이게 달라. 배우들이 연기할 때 애드리브를 칠 수 있잖아. AI였으면 칼같이 시키는 대로만 해야 하는데 말이지."

"캐릭터의 저런 행동은 좀 비합리적이지 않아? 근데 또 비합리적이라서 오히려 합리적인 것 같기도 해. 그게 인간이잖아. 인간이니까 쓸 수 있는 전개지."

이런 호평에 김 작가는 크게 고무되었다. 시키지도 않은 쪽대본을 수정해 매일 보내왔고, 제작진도 긍정적으로 받아들였다.

"사람이 쓴 작품이 AI처럼 완벽하지는 못하겠지만, 그렇기에 사람들에게 더 와닿는 거 아니겠어? 역시 사람이 보는 작품은 사람이 써야 의미가 있는 거라고."

그렇게 〈종로구〉 33시즌은 오랜만에 17퍼센트의 시

청률을 갱신했다. 돌아가는 사태를 지켜보던 다른 방송국들도 바빠졌다. 지금 먹히는 게 뭔지 눈치채지 못할 정도로 바보는 아니었으니 말이다. 여기저기서 인간 드라마 작가 섭외 전쟁이 일어났다. 〈종로구〉 방송국에서도 고민이 깊었다.

"34시즌도 김 작가가 쓰는 걸로 갈까요?"

"으음, 글쎄. AI가 여전히 먹통이면 문제될 것도 없겠지만……."

기가 막힌 일이 일어났다. 33시즌이 성공적으로 막을 내리자마자 방송국 AI가 멀쩡히 고쳐진 것이다. 하지만 방송국의 분위기는 이미 기울어져 있었다. 인간이 대본을 쓴 드라마가 대세가 된 시점에서 굳이 다시 돌아갈 필요가 있겠는가. 33시즌이 대성공했으니 34시즌도 김 작가에게 맡기는 게 맞을 듯했다. 그런데, 시험 삼아 34시즌을 AI로 돌려본 제작진은 충격에 빠졌다.

"이거 좀 보세요. 김 작가가 쓴 내용을 모조리 예상한 뒤의 전개인데요?"

방송국은 AI가 쓴 대본을 읽어보았고, 급속도로 빠져들었다. 동시에 소름이 돋았다. AI는 고장 난 게 아니라,

드라마 성공 공식

일부러 33시즌 대본을 인간이 쓰게 한 것이었다.

"경쟁 방송국이 인간 작가를 섭외하게 만들고, 우리는 조용히 AI 작가로 복귀한다는 게 계획이랍니다. 드라마 시청률 16퍼센트라는 목표치를 달성할 수 없으니까 드라마 외적으로 방법을 찾아낸 겁니다. 다른 방송국의 시청률을 떨어뜨리는 방식으로…… . 34시즌 예상 시청률은 18퍼센트입니다."

방송국 사람들은 AI의 꼭두각시가 된 듯한 기분에 공포를 느꼈다. 그럼에도 불구하고 34시즌은 AI를 따르기로 했다. 그게 완벽한 성공 공식이었으니까.

자동차 옵션 구독의 시대

김유신의 보물 1호이자 자존심은 외제 차였다. 사는 곳은 반지하 자취방이지만 차만은 최고 명품이었던 거다. 다만, 자존심 유지비가 너무 비싼 게 탈이었다. 언제 한계가 올지 모르는 '돌려막기' 인생이었는데, 주변에서 그 점에 관해 조언해도 김유신은 듣지 않았다. 그가 그나마 귀 기울이는 건 외제 차의 최고급 AI인 보미스의 말이었다.

　「강변북로가 13분 더 막힙니다만, 창밖으로 불꽃놀이를 구경하실 수 있습니다. 운전은 제게 맡기고 편안하게 창밖을 구경하시는 건 어떻습니까? 뒷좌석 아이스 글로브에 맥주가 보관되어 있습니다.」

"그럴까? 오케이 보미스, 그쪽으로 가줘."

김유신은 할 수만 있다면 차에서 24시간을 지내고 싶은 심정이지만, 돈이 없었던 그가 주행하는 일은 사람들을 만나 하차감을 뽐낼 때뿐이었다. 그게 아니라면 30분 거리를 걸어 다니기도 했고, 가끔은 지하철도 탔다.

"오빠, 그 정도면 그냥 차를 팔아야 하는 거 아니야? 언제까지 '카푸어'로 살 건데?"

여자친구의 진심 어린 조언에도 김유신은 꿈쩍도 하지 않았다. 그것의 결과는 어쩌면 뻔했다.

"오빠는 나보다 차가 먼저지? 그만하자. 난 오빠와의 미래가 그려지지 않아."

"그래? 미래도 안 그려지는 놈이랑 오래 만나줘서 고맙다!"

여자친구와의 관계가 끝났을 때, 김유신은 예상보다 더 고통스러웠다. 거의 매일을 술로 보냈는데, 위로해줄 친구도 별로 없었다. 주변의 우려에도 스스로는 확신했던 인생에 의구심이 들기 시작했지만, 그래도 차만은 포기하지 않았다. 오히려 위로가 되는 것은 차밖에 없다며 더 매달렸다.

그날도 김유신은 자율주행으로 달리는 차 뒷좌석에 널브러져 술을 마시고 있었다. '미니 극장' 옵션으로 차 천장에는 그의 인생 영화인 〈대부〉가 재생되고 있었다. 그가 풀린 눈으로 멍하니 영화를 보고 있던 그때 팟, 하고 빔이 꺼졌다.

"뭐야! 보미스! 영화가 꺼졌어!"

인상을 찌푸리던 김유신은 이어지는 보미스의 말에 당황했다.

「미니 극장 옵션의 구독료가 연체되어 사용이 중지되었습니다.」

"어, 엉?"

당황한 김유신은 소리를 내질렀다.

"아아 됐어! 어차피 끊을 생각이었어. 망할! 음악이나 크게 틀어줘 보미스!"

「네. 최근 재생 목록을 불러오겠습니다.」

"볼륨 최대로!"

김유신은 차 안을 가득 채우는 듯한 커다란 음악 소리에 파묻혔다. 눈 둘 곳이 없었던 그는 스마트폰을 꺼냈다. 습관적으로 여자친구의 메신저 프로필을 살펴보았다. 차마 연락은 하지 못했다. 그 순간 팟, 하며 차 안의 조명이 갑자기 어두워졌다.

"뭐야?"

「파노라마 조명 옵션의 구독료가 연체되어 사용이 중지되었습니다.」

"이런 씨…… 그럼 보조 등이라도 켜줘!"

「파노라마 조명 옵션 설치 시 기존 조명은 제거되었습니다.」

"됐다, 됐어."

김유신은 포기하고 어둠 속에 묻혀 스마트폰 불빛만 바라보았다. 그 순간, 그는 두 눈을 부릅뜨며 벌떡 일어나 앉았다. 여자친구에게 메시지가 온 것이다.

[오빠 자?]

미친 듯 날뛰는 심장을 진정시킬 새도 없이 김유신은 전화를 걸었다. 하지만 여자친구는 전화를 받지 않았다.

[목소리 듣고 싶지 않아.]

짧은 순간 그의 머릿속은 어떤 말을 할지 찾느라 분주했다. 여자친구에게 메시지가 다시 왔다.

[나 지금 혼자 술 마시고 있어. 갑자기 생각났어. 어디

서 마시고 있는지 알아? 모르지?]

눈동자가 좌우로 흔들리던 그는 바로 답장했다.

[알아.]

[그래? 그럼 찾아와봐. 만약 맞히면.]

[맞히면?]

[몰라. 그래도 와봐.]

김유신은 몇 군데를 떠올렸다. 단골 술집, 공원, 한강, 카페, 쇼핑몰 등등. 그중에서 직감적으로 하나가 떠올랐다. 아파트 놀이터다. 처음 고백했던 곳이자 첫 키스를 했던 장소가 아닌가.

확신에 찬 김유신은 당장 보미스에게 목적지를 외치려 했다. 그러나 보미스가 먼저 말했다.

「열선 시트 옵션의 구독료가 연체되어 사용이 중지되었습니다.」

「서스펜션 옵션의 구독료가 연체되어 사용이 중지되었습니다.」

「가속 증가 옵션의 구독료가 연체되어 사용이 중지되었습니다.」

몇 가지 옵션이 중지되는 모습을 본 김유신의 얼굴이

창백해졌다. 돈이 없어서 모두 연체되었다면, AI 옵션은? AI의 자율주행이 없다면 그가 직접 운전대를 잡아야 했다. 만취한 그가 음주 운전을 한다면 AI 자율 검문소를 통과할 수 있을 리가 없었다. 라인을 통과하자마자 강제로 차가 갓길에 멈춰서고 경찰이 올 때까지 갇혀 있어야 할 터였다.

"보, 보미스! 보근아파트로 가줘! 최대한 빨리!"

「목적지를 보근아파트로 설정합니다.」

김유신은 제발 AI 옵션이 멈추기 전에 아파트에 도착하기를 빌었다.

[혹시 힌트가 필요해?]

여자친구의 메시지가 도착하자 김유신은 바로 답장했다.

[아니. 거기 있어. 지금 가고 있으니까.]

[그래…… 기다릴게.]

김유신은 지금 여자친구의 마음이 어떤지 알 것 같았다. 하지만 이 차의 상태는 알 수 없었다. 과연 목적지까지 갈 수 있을까?

[나 변할 수 있다.]

[뭘?]

[네가 바라는 대로 뭐든.]

[그 말이 처음이 아니란 건 알지?]

[이번엔 달라.]

김유신이 여자친구와의 대화에 몰입하려고 할 때마다 보미스의 음성이 분위기를 깼다.

「건강 모니터링 옵션의 구독료가 연체되어 사용이 중지되었습니다.」

"아!"

김유신은 보미스의 음성이 들릴 때마다 심장이 내려앉았다가 안도하기를 반복했다. 옵션을 가입한 날짜가 모두 같으니, 곧 AI 옵션도 중지될 터였다.

[어딘지 아는 거 맞아?]

[거기밖에 없잖아.]

[만약 오빠가 진짜로 찾아오면…… 좋겠다.]

여자친구의 메시지에 김유신은 울컥했다. 벅차오른 그가 답장하려던 순간, 보미스의 음성이 들려왔다.

「마스터 AI 옵션의 구독료가 연체되어 사용이 중지되었습니다.」

"안 돼!"

비명을 내지른 김유신은 차가 속도를 줄이며 갓길로 빠져나가는 것을 보고만 있었다.

"안 돼! 제발! 안 돼! 보미스! 보미스!"

김유신은 애절하게 보미스를 불렀지만, AI는 대답하지 않았다. 차는 갓길에 멈췄고, 시동이 꺼졌다. 김유신은 절망적인 얼굴로 허둥대다가 여자친구에게 전화를 걸었다. 그녀는 받지 않았다.

[목소리 듣고 싶지 않아. 전화기 너머 표정 없는 말은 이제 지쳤어. 사실은 그냥 나도 모르겠어. 여기서 10분만 더 기다릴게.]

"아."

김유신은 울 것 같은 얼굴로 보미스에게 애원했다.

"제발! 이렇게 빌게 보미스! 네 주인으로서 마지막 부탁이다! 내가 너를 얼마나 소중하게 대했는지 너도 알거야. 근데 너보다 더 소중한 사람이 있어. 나 후회하고 싶지 않다. 제발 부탁해. 마지막으로 제발!"

그 순간, 시동이 걸렸다.

"아!"

차가 다시 도로로 나가 움직이기 시작했고, 김유신은 격정에 사로잡혔다. 옵션이 중지되었는데도 차가 움직이는 것은 그야말로 기적이었다.

"고맙다! 알아줬구나 보미스!"

눈시울이 붉어진 그는 얼른 여자친구에게 메시지를 보냈다.

[지금 가고 있어. 무조건 갈 테니까 기다려줘. 꼭 만나야 해.]

[그래…… 빨리 와.]

[빨리 갈게.]

김유신은 마음을 다잡았다. 그녀를 만나면 무슨 말을 해야 할지, 이제는 확실했다. 내 보물 1호는 언제나 너였다고, 차를 처분하고 너와의 미래를 그려가겠다고. 보미스가 그 말을 듣게 된다면 실망할지도 모르지만, 그래도 그럴 셈이었다.

이윽고, 빠르게 달리던 차량이 천천히 속도를 줄이자 목적지 확인 등에 불이 켜졌다. 김유신은 크게 심호흡하며 창문 밖을 바라보았다. 잠시 후, 그의 두 눈이 사정없이 흔들렸다. 도착한 곳은 보근아파트가 아니었다. 그곳은 명품 외제 차 대리점이었다. 직원이 다가와 말했다.

"고객님, 차량 할부금 연체로 일시 압류에 들어갑니다."

김유신은 온몸에 힘이 빠져 주저앉았다. 역시 명품 외제 차는 모든 면에서 완벽했다.

모쏠
유튜버의
합방

구독자가 20만 명인 유튜버 '보근이'는 유능한 개발자였지만, '모태솔로 밈'으로 인기를 끌었다. 잘나지 못한 외모에 숙맥이란 점을 구독자가 놀리는 방식이 주 콘텐츠였다. 그러던 어느 날, 보근이가 싱글벙글한 모습으로 라이브 방송을 켰다. 누가 봐도 좋은 일이 있는 듯한 보근이가 말했다.

"긴급 공지입니다. 저 유튜버 너르너르 님과 '합방'합니다!"

채팅 창의 반응은 불탔다.

[너르너르가 누구야?]

[표정 보니까 여잔데?]

[안 돼 보근아! 이 정도로까지 행복해지길 바라진 않았다!]

"이번 주 토요일 오후 2시에 방송하니까 꼭 보러 오세요! 으하하!"

보근이가 유쾌하게 방송을 끝낸 뒤, 구독자들은 바로 '너르너르'라는 유튜버를 찾아 나섰다. 너르너르의 채널은 업로드된 영상이 10개도 안 되었고, 구독자도 고작 1천 명 정도였다. 다만, 외모만큼은 정말 그림처럼 예뻤다. 구독자들은 보근이 채널에 이 소식을 퍼 나르며, 농담 반 진담 반으로 말했다.

[보근아! 얼굴 보고 합방 결정했구나! 좋아하지 마라! 너 이용당하는 거야!]

[아니 무슨 구독자 1천 명짜리랑 합방 콘텐츠를 하냐? 그런다고 걔가 너랑 만나줄 것 같냐 보근아?]

[아이고 보근이 구독자만 쪽 빨리겠네!]

그들은 농담이었지만, 보근이는 정색했다.

"너르너르 님과 좋은 콘텐츠 각이 보여서 합방하는 겁니다. 제가 뭐라고 너르너르 님을 키워줍니까? 이상한 억측 댓글 자꾸 남기시면 '밴' 합니다!"

그런 반응을 보고도 구독자들은 짓궂었다.

[아이고 완전히 홀렸네, 보근이 홀렸어.]

[그러다 너만 상처받는다 보근아!]

[여러분은 지금 전형적인 '모솔'의 모습을 보고 계십니다.]

드디어 약속의 합방 날, 구독자들은 기대하며 보근이의 방송을 보았다. 화면에는 잔뜩 차려입은 보근이가 카메라를 바라보며 앉아 있었다.

[정장 입은 거 봐. ㅋㅋㅋ]

[보근아! 벌써 2세 계획하면 안 된다!]

[모솔 탈출 보근 파이팅!]

구독자가 어느 정도 찬 뒤 보근이가 외쳤다.

"여러분! 너르너르 님을 소개하겠습니다!"

한데, 다음 순간 채팅 창은 물음표로 도배되었다. 너르너르가 직접 찾아온 게 아니라, 원격 화면으로 등장하는 게 아닌가.

「안녕하세요~. 너르너르입니다!」

반으로 나뉜 화면을 본 사람들은 뒤집어졌다.

[이게 무슨 합방이야. ㅋㅋㅋ 합방 뜻 모름? ㅋㅋㅋ]

[아이고 보근아. ㅋㅋㅋㅋㅋ]

[그러면 그렇지. 보근인데. ㅋㅋㅋㅋ]

구독자들은 보근이가 그래도 합방을 핑계로 너르너르를 직접 만나기라도 할 줄 알았는데, 그것조차 못했다는 사실이 너무 웃겼다.

"자 여러분! 그만! 너르너르 님이 사정이 있어서 원격으로 진행하는 겁니다! 환영해주시고! 이상한 채팅 밴이야!"

억지로 분위기를 진정시킨 뒤 진행을 시작한 보근이는 너르너르와 원격으로 'MBTI 사랑 점'이란 콘텐츠를 시작했다. 콘텐츠 자체의 반응은 별로였지만, 보근이 놀리기는 대흥행이었다.

[보근아 이럴 거면 양복은 왜 입었냐? ㅋㅋㅋㅋ]

[어우 너르너르 님 너무 예쁘네. 보근아 오르지 못할 나무 같다, 포기해라!]

방송이 끝나고, 너르너르를 먼저 보낸 보근이는 웃으며 말했다.

"이야! 오늘 진짜 좋은 시간이었죠? 너르너르 님과 다음에 또 합방해야겠죠?"

모솔 유튜버의 합방

[뭐가 좋은 시간이야, 노잼인데. ㅋㅋㅋ]

[또 합방 각 잡네. ㅋㅋㅋ]

"예. 여러분도 좋았다니 저도 기쁩니다. 그럼 다음 합방 날을 기대해주세요."

[또 해? ㅋㅋㅋㅋ]

[아 그럼! 직접 만날 때까지는 해야지. ㅋㅋㅋ]

방송 이후, 너르너르 채널의 구독자는 1천 명을 훌쩍 넘겼다. 사람들은 보근이가 키워준다는 댓글을 서슴없이 달았는데, 채널 주인인 너르너르는 딱히 부정하거나 하지 않았다. 사흘 뒤, 두 번째 합방이 이루어졌다.

[아 또 원격이네. ㅋㅋㅋㅋ 아이고 보근아. ㅋㅋㅋ]

너르너르는 진심으로 미안해했지만, 보근이는 괜찮다며 쩔쩔맸다. 구독자들이 이용당하는 거라고 단단히 경고해도 보근이는 다 무시하며 화를 냈다.

"사정이 있으셔서 그런데! 이 양반들이!"

이후로도 세 번째, 네 번째 합방이 이어졌는데, 그때마다 너르너르는 원격으로만 참여했다. 그사이 너르너르의 구독자 수는 5천 명을 넘겼다. 이제 구독자들은 진지하게 말했다.

[이건 진짜 보근이 구독자 빨아먹으려고 이용하는 거다.]

구독자들은 너르너르와의 콘텐츠가 '노잼'이라 조회수가 안 나온다며 진심 어린 조언도 했지만, 보근이는 듣지 않았다.

"여러분 너르너르 님을 나쁘게 말하는 사람들이 있는데, 정말 저 화냅니다. 그것만큼은 진짜 화내요."

구독자들은 제발 너르너르를 내려놓고 네 콘텐츠에 집중하라고 했지만, 보근이는 독불장군처럼 듣지 않았다. 모든 영상이 너르너르와의 콘텐츠를 중심으로 돌아갔다. 조회수는 바닥을 찍었고, 보근이를 떠나는 구독자마저 생겨났다. 너르너르의 구독자는 늘고 보근이의 구독자는 줄면서, 구독자들이 말했던 '빨아먹는다'는 게 거짓말이 아닌 사실이 된 것이다.

그러자 너르너르 측에서 부담스럽다며 합방을 거절하는 사태가 벌어졌다. 보근이가 충격을 감추지 못하는 모습이 라이브 방송으로 적나라하게 나갔다.

"아니! 너르너르 님, 저는 정말 괜찮은데!"

「죄송해요. 제가 더는 피해를 드리고 싶지 않아서요.」

"아니 진짜 괜찮은데……."

「죄송해요. 앞으로도 파이팅이에요.」

"아……."

보근이는 진짜 아쉬워하는 모습을 방송에서 보여주었고, 구독자들은 그를 동정했다. 그리고 너르너르를 욕했다.

[어차피 이제는 보근이 없이도 알아서 채널 키울 수 있다는 거지.]

[솔직히 저 외모면 구독자 늘리는 건 일도 아니지.]

이후 보근이는 일주일간 방송을 켜지 않다가 복귀했다. 그는 이제 괜찮아졌다며 그 사건을 콘텐츠화했다.

"그래! 너르너르 님 좋아했다! 어쩔래! 난 좋아하면 안 되냐!"

채팅창에는 'ㅋㅋㅋ'가 넘쳤는데, 몇 시간 뒤 충격적인 사건이 벌어졌다. 고발 전문 유튜버가 영상 하나를 터트린 거다.

[순진한 모솔 유튜버를 이용한 미모의 유튜버! 그 정체는 남자?!]

유튜버 너르너르의 정체는 그림 AI로 만든 가짜였다

는 고발이었다. 그 영상의 댓글 창은 난리였다.

[소름…… . 그래서 현장 합방을 안 한 거네.]

[와 그게 가짜였다고? 기술 진짜 신세계네.]

채팅 창으로 이 사실을 전해 들은 보근이는 처음엔 무슨 말도 안 되는 소리냐고 했지만, 영상을 찾아본 그의 얼굴은 순식간에 굳었다. 웃음기 하나 없이 심각하게 영상을 보다가 스마트폰을 들었다. 마이크를 끌 생각도 못하고 전화를 걸었는데, 상대가 전화를 받지 않자 허탈한 표정을 지었다.

"오늘 방송 여기까지 합니다."

이 사건은 두 가지 면에서 엄청난 화제를 일으켰다. 첫 번째로는, 그림 AI가 이 정도 성능으로 발전했다는 놀라움이었고, 두 번째로는, 가상 캐릭터를 이용한 사용자가 전략적으로 모솔 유튜버를 이용해 채널을 키우려했다는 점이었다. 진짜 사람인 척해서 돈 벌 작정을 한거 아닐까?

사람들이 너르너르 채널에 몰려갔을 때는, 욕도 할 수없게 모든 영상이 내려간 상태였다. 온갖 뉴스가 난무하며 논란이 심화되자, 다음 날에야 영상 하나가 올라왔

　　　　　　　　　　　　　　　　　모솔 유튜버의 합방

다. 큰 선글라스로 얼굴을 가린 남성이 앉아 있었는데, 너르너르와는 딴판이었다. 배가 남산만큼 나오고, 머리가 다 벗겨진 중년.

"너르너르는 제가 만든 가상 캐릭터가 맞습니다. 정말 죄송합니다. 어디까지 먹히나 실험해보고 싶은 생각이었습니다. 다른 의도는 없었습니다. 보근이 님을 속인 것도 죄송합니다. 하지만 이용하려는 의도는 없었습니다. 죄송합니다. 그리고…… 만약 기회를 주신다면 가상 캐릭터 제작 유튜버로서 제가 가진 기술을 공유하고 싶습니다."

변명 섞인 사과 영상에는 욕설 댓글이 쏟아졌다. 특히 〈보근이〉 구독자들이 작정하고 댓글을 달아댔는데, 몇 시간 만에 댓글 창도 막혔다.

사람들은 보근이의 채널로 몰려가서 영상을 봤느냐고, 고소하라고 난리를 쳤다. 저녁에 보근이는 방송을 켰다. 그는 억지로 웃음을 보여주었다.

"여러분이 너르너르 님이 저를 이용해먹으려는 거라고 했을 때 들었어야 했는데 말입니다. 하하하! 하지만 고소는 안 하겠습니다. 고소가 될지도 모르겠고, 이것도

다 콘텐츠 아닙니까? 하하하!"

구독자들은 대인배라며 보근이를 추켜세웠고, 이 사건을 유쾌하게 풀어내는 것에 도움을 주려 했다.

[크윽 보근아, 네가 일류다!]

[보근이 2세 계획했던 거 기억나는 사람? ㅋㅋㅋ]

[배 나온 남자한테 설렜던 거네. ㅋㅋㅋ]

[우리가 너 이용해먹는 거라고 했지? ㅋㅋㅋ]

평소처럼 구독자와 투닥대며 놀던 보근이는 방송을 끄기 전에 말했다.

"그나저나 기술이 정말 대단해졌습니다. 솔직히 진짜 사람인 줄 알았거든요. 이 분야 분들 다 직업 잃게 생겼다고 하는 게 농담이 아니었네요. 근데 그걸 또 이용할 사람은 다 하나 봅니다. 그 양반처럼 말입니다."

방송을 끈 뒤, 보근이의 모습은 그가 방송에서 말한 그대로였다. 그는 또 다른 컴퓨터 앞에 앉아서 화면 보호기를 껐다. 드러난 화면에는 아름다운 여자 캐릭터인 너르너르의 모델링이 떠 있었다. 보근이는 그 창을 밀어 두고 다른 작업 중인 창을 띄웠다. 창에는 배가 남산만 하고 머리가 다 벗겨진 남성 캐릭터가 있었다.

보근이는 캐릭터를 수정하며 너르너르의 유튜브 채널을 언제 정리할까 생각했다. 어차피 삭제해도 상관없었다. 덕분에 그의 본 채널인 〈보근이〉는 구독자가 30만 명을 넘어서 계속 늘어나고 있었으니까. 누가 누굴 이용했는지는 영원한 비밀로 남겨질 것이었다.

딥페이크 시대의 기본 소양

"청년 사업가라고 해서 뭐 새로운 이야기가 있을 줄 알았는데, 결국 영업하러 온 겁니까?"

심드렁한 상대방의 얼굴에도 청년은 빙글빙글 미소를 잃지 않았다.

"의원님. 제가 영업을 하러 온 건 맞지만, 저를 만나지 못하셨다면 이 시대에 뒤처지시게 됐을 겁니다."

"시대에 뒤처진다? 하이고 무슨. 거 그래 참, 얘기나 들어봅시다. 시간이 많지 않으니 5분 안에 끝냅시다."

대놓고 손목시계를 확인하는 의원의 모습을 본 청년은 준비해 온 노트북을 열어 화면을 보여주었다.

"자, 이 영상 속 인물이 누군지 아시겠지요?"

"음?"

영상은 바닷가 풍경이었는데, 양복을 입은 남자가 난간 위에서 만세 자세를 하고 있었다. 그 얼굴을 확인한 의원의 미간이 좁아졌다.

"이건 난데? 내가 여기에 갔었나?"

"아뇨. 간 적이 없으시죠. 이건 제가 임의로 만들어본 의원님의 '딥페이크' 영상입니다."

"뭐요?"

"제법 완성도가 높지요? AI 기술이 이렇게나 발전했습니다. 가령, 저희는 의원님이 고등학생을 성추행하는 딥페이크 영상을 만들어서 퍼트릴 수도 있습니다."

"뭐라고? 뭐!"

버럭 언성을 높인 의원의 표정이 살벌해졌다.

"지금 날 협박하는 건가? 목적이 그거였어? 이 양반이 지금 날 어떻게 보고!"

의원은 당장이라도 소리를 질러 사람을 부를 듯했는데, 청년은 두 손을 격렬히 내저었다.

"그럴 리가 있겠습니까? 제 설명을 끝까지 들어주시지요. 5분의 시간을 주신다고 하셨지요?"

청년은 노트북 속 영상을 조정해서 의원이 욕설을 퍼붓는 장면을 보여주었다. 의원은 인상을 찌푸렸고, 청년은 만족스럽지 않은 얼굴이었다.

　"아주 약간 어색하지 않습니까? 좀 더 사실감이 있었으면 좋겠는데 말입니다. 이 부분은 의원님이 좀 도와주셔야 합니다."

　"뭐라? 도와줘?"

　"네. 의원님을 정밀 촬영해서 자료를 좀 더 완벽하게 다듬고 싶습니다."

　"허?"

　"대중들이 완전히 속을 만큼 사실감 있는 폭로 영상을 만들어야 하니까 말입니다. 아 참, 꼭 성추행이 아니어도 됩니다. 막말이든 폭력이든 저희는 의원님이 원하는 치명적인 딥페이크 영상을 만들 겁니다. 그 영상은 정말 교묘하게 배포될 건데, 그 일이 사실인 것처럼 온라인 밑 작업도 철저하게 이루어질 겁니다. 아주 커다란 이슈가 될 거라고 장담합니다. 사람들이, 특히 의원님의 적들이 의원님을 씹고 뜯고 맛보고 즐기겠죠. 그 난리가 났을 때 의원님께서 나타나 결백을 증명하는 겁니다. 저희가 준비해드리는 완벽한 증거들로 모든 게 딥페이크 영상이었다는 사실을 증명하는 거죠."

팔짱을 낀 의원의 눈초리가 가늘어졌다.

"그러니까 그 말은, 딥페이크 영상으로 가짜 논란을 만들어 '이슈몰이'를 해주겠다? 깔끔하게 해결할 수 있는? 결국 이슈 장사하러 온 건가?"

"그렇게 단순할까요 의원님?"

"단순하다고?"

노트북을 닫은 청년은 손가락 하나를 세우며 자신감 있는 미소를 지었다.

"이슈몰이. 물론 정치인들에게 이슈몰이가 큰 힘이 된다는 건 압니다. 다만, 이 일의 의미는 그것뿐이 아니라는 거죠."

청년은 두 번째 손가락을 세웠다.

"보험입니다 보험. 의원님이 한번 딥페이크 피해자가 되었단 사실이 중요합니다. 만약 언젠가 의원님이 진짜 실수하신 걸 누군가 증거로 폭로했을 때, 우리 쪽에서는 이번에도 딥페이크 영상이라고 몰고 갈 수 있는 겁니다. 그러기 위한 떡밥을 깔아두자 이거죠. 그러면 상대방의 주장이 무엇이든 지지부진한 진위 논쟁으로 시간을 끌 수 있습니다. 아시다시피 진실은 중요하지 않은 게 이 바닥 아닙니까? 우린 지지자들이 변명할 거리만 만들어 줄 수 있으면 된다는 거, 잘 아시지 않습니까?"

의원의 눈썹이 꿈틀했다. 팔짱을 낀 손을 풀어 턱을 매만졌다.

"흠. 보험이라……."

"그리고 예방 접종이죠."

청년은 손가락 하나를 더 세웠다.

"지금 AI 기술이 급속도로 발전하고 있는데, 누군가 악의를 가지고 의원님을 공격하지 않으리란 보장이 있습니까? 일반인도 AI 기술을 얼마든지 사용할 수 있는 시대입니다. 딥페이크 기술로 가장 공격하기 쉬운 직업이 뭐겠습니까? 연예인 아니면 정치인 아니겠습니까?"

의원이 한숨을 쉬며 깊은 고민에 잠기자 청년은 일부러 답답하다는 듯 혀를 찼다.

"아이고 의원님, 그런 시대입니다. 정치인이라면 필수로 대비해야 하는 일인 겁니다. 이게 지금 얼마나 무서운 일인지 가늠이 안 되시나 본데, 한시라도 빨리 준비하셔야 합니다. 정치인의 기본 덕목이 AI의 피해자인 시대가 오고 있습니다. 저희는 여당 야당 할 것 없이 주요 정치인들 모두에게 이 제안을 할 겁니다."

"뭐요?"

"그만큼 기본 소양인 시대란 말입니다. 지금 AI 기술 발전 속도가 얼마나 빠른지 모르시나 본데, 이렇게 어리바리 있을 시간이 없습니다. 어서 빨리 AI의 피해자가 되셔야 합니다. 그게 또 잘나가는 정치인이라는 꼬리표도 되어줄 겁니다."

"허 참."

"잘 생각해보시죠. AI 기술로 만든 가짜로 대혼란에 빠질 미래를요. 그런 시대가 오지 않을 것 같습니까? 지금 제가 의원님을 이렇게 찾아온 것이 의원님께는 엄청난 행운인 겁니다."

심각한 얼굴로 청년을 바라보던 의원은 곧, 진지하게 입을 열었다.

"내가 뭘 협력해야 한다고 했지?"

청년은 빙글 웃었다.

"네. 일단 음성 녹음과 실사 촬영입니다. 욕설과 액션

몇 가지 정도입니다. 저희를 믿고 맡겨주시지요. 완벽한 논란을 만들고, 완벽한 파훼법을 제시하겠습니다. 미리 축하드립니다, 의원님. 성공적으로 AI의 피해자가 되신 것을 말입니다."

"하이고 참 나."

"저는 장담합니다. 이런 일은 무조건 일어납니다. 조만간, 머지않아 반드시요."

청년은 자신감 있는 얼굴로 고개를 주억거렸다. 이것은 그가 발견한 AI 시대의 블루오션이었으니까.

인류보다
월등한

그날 대기권을 돌파하며 나타난 우주선은 인류를 대혼란에 빠트렸지만, 다행히 외계 지성체는 인류에게 적대적이지 않은 듯했다.

"10년 전이었으면 크게 곤란했을 겁니다."

교수의 말은 굉장히 멋진 표현이었다. 10년 전이면 몰라도, 지금은 어느 정도 외계인을 상대할 수 있다는 자신감이 섞인 게 아닌가. 'AI 대혁명' 이후로 인류는 문명 레벨이 한 단계는 올라갔다고 자부했다. 물론 그렇다 해도 우주를 누비는 외계 문명과 비견할 수는 없겠지만 말이다.

처음 모습을 드러낸 외계인은 생각보다 봐줄 만했다.

최소한 이목구비는 있었고, 두 발로 서 있었으니 말이다. 다만 함부로 할 수 없는 존재란 건 분명했다. 그가 대기권에 떠 있는 모선에서 맨몸으로 급강하했기 때문이다. 작은 셔틀이라도 타고 내려올 줄 알았는데, 맨몸이라니? 아무래도 비결은 외계인의 주변을 떠다니는 빛나는 구체들이 아닐까 싶었다. 도시 상공에 뜬 외계인이 가만히 아래를 내려다보다가 돌아가는 일을 반복할 때, 인류는 대화를 시도하기로 했다. 언어도 모르는데 무슨 대화를 시도하느냐고?

"바보냐! 외계인 정도의 기술력이면 처음 듣는 언어도 순식간에 번역하겠지! 우리 인류도 전 세계 언어를 실시간으로 완벽하게 번역하는데……."

외계인을 맞이할 대표단이 꾸려졌다. 이 기념비적인 외계 지성체와의 조우는 한 가지 목적 달성을 꿈꾸게 했다. 가르침을 받는 것이다. 우주를 누비는 외계인은 인류가 상상도 못 할 기술력을 가지고 있지 않겠는가. 외계인에게 적대감이 없다면, 납작 엎드려 배움을 청하는 게 순리였다.

의도를 알아챘는지, 외계인은 인류 대표단이 모인 위

인류보다 월등한

치까지 내려왔다. 그러나 인류는 당황했다. 대화가 통하질 않는 거다. 정확히 말하면, 외계인의 언어 체계는 지구와 너무나도 달랐다. 외계인은 입을 열고 바람만 내뿜었는데, 이것이 언어라는 것도 겨우 알아챘다. 모든 장면을 분석하기 위해 설치한 AI 로봇이 그게 언어일 것 같다는 의견을 준 거다. 사실이라면 정말 놀랄 일이었다. 공기 중에 떠다니는 입자 하나하나까지 고려하여 숨을 내뱉는, 아주 고차원적인 언어였다. 인간은 흉내 낼 수도, 배울 수도 없는 언어였던 거다.

"아니, 우리 말을 그쪽에서 번역해주면 안 되는 거야? 충분한 기술력이 있을 거 아니야?"

"언어 관련 기술력은 없나? '가지 않은 길'이야 뭐야?"

외계인을 답답하게 지켜보던 인류는 스스로 해결하기로 했다.

"단순히 공기를 뿜어내는 장치라면 얼마든지 개발할 수 있습니다. 물론 언어를 이해하는 데 시간이 좀 걸리겠지만, 인류의 AI 기술이라면 불가능하진 않을 겁니다."

인류는 AI 로봇에게 외계인의 언어를 학습시키려 했

다. 외계인도 인류의 의도를 눈치챘는지, 어린아이처럼 언어 학습 활동을 도와주었다. AI가 특정 사물의 사진을 제시하면 똑같은 패턴의 공기를 연속으로 내뱉어주었던 거다. 그걸 토대로 AI는 언어를 하나하나 연구하기 시작했다. 몹시 오랜 시간이 걸리는 일이었지만, 외계인은 인류와 시간 개념이 다른 듯 긴 시간을 할애해주었다. 그 모습을 본 인류는 정식 회의를 시작했다.

"다행히 외계인은 우리를 적대하지 않고, 우리 또한 외계인에게 적대할 생각이 없습니다. '외계인을 생포하여 연구하자' 따위의 음모론에서나 나올 법한 시나리오는 인류를 멸망시킬 만큼 위험한 일이니까요. 우리는 그들과 우호적인 관계를 맺고, 우주의 정보를 얻기만 해도 커다란 수확일 겁니다. 혹시 기술적 배움도 얻는다면? 그야말로 인류의 축복이 될 겁니다."

인류는 머리를 맞대어 외계인에게 물어야 할 것, 배워야 할 것을 정리했다. 그러는 동안 언어 분석 AI는 좋은 소식을 전해주었다.

[기초적인 의사소통 가능성 약 42퍼센트 예상. 원활한 의사소통을 위한 하드웨어 추가 업데이트 필요. 초정

인류보다 월등한

밀 바람을 뿜어내기 위한 설계도를 3D 프린터로 전송. 제작 지시.]

이 얼마나 대단한가. 이 정도면 외계인도 감탄하고 있지 않겠는가. 인류가 뿌듯해하는 가운데, 외계인의 언어로 첫 시범 소통을 할 수 있게 되었다.

"첫 번째 질문입니다. 당신은 누구입니까?"

명령한 대로 AI는 외계인을 향해 바람을 뿜어냈다. 그 바람을 본 외계인도 곧 바람을 뿜어냈다. AI 로봇이 그것을 분석하는 데는 꽤 긴 시간이 걸렸는데, 마침내 결과물을 내놓았다.

「아란슬 종족. 여행객. 이름은⋯⋯.」

외계인의 이름은 바람 소리로 나와 인간이 알아들을 수 없었기에 그냥 아란슬이라고 부르기로 했다.

"이 우주에 당신 같은 지성체가 얼마나 있습니까?"

「아란슬과 같은 공용어로 소통하는 18개 종족. 머지않아 지구도 포함 예상.」

"오오오!"

두 번째 질문은 뜬금없는 뿌듯함을 안겨주었다. 지구의 기술로만 진행 중인 통역 연구가 잘 되어가고 있다는 뜻 아니겠는가. 인류는 신이 나서 질문을 계속 던졌다. 하지만 아직 통역이 완벽하지 않았고, 무엇보다 시간이 너무 오래 걸렸다. 질문 하나에 대한 답변을 들으려면 한 시간 가까이 연산해야 했다. 인류 최고 성능 AI 기술을 동원했음에도 말이다. 일단 번역이 좀 더 원활해질 때를 기약하며 마무리했는데, 다음 테스트는 전 세계 생중계로 진행되었다. 어느 한 국가가 독점하면 안 된다는 세계적 여론이 이 자리를 만들어냈다. 그리하여 전 인류가 지켜보는 가운데 '외계인과의 대담'이 정기적으로 시행되었다. 초반에 폭발적인 반응을 끌어냈던 무대는 점점 의외의 반응을 일으키게 되었다.

"생각보다 외계인의 수준이 좀……. 그리 대단해 보이진 않는데?"

외계인의 가르침은 인류가 예상 가능한 범위에 있었던 거다.

"양자 진공 상태에서의 진공 에너지 추출? 우리도 AI로 한창 연구 중인 거잖아."

"에너지를 물질화하는 거? 얼마 전에 노벨상 받은 거 말하는 거 아니야?"

인류보다 월등한

"행성을 둘러싸는 구조물? 그건 '다이슨 구'잖아. 그걸 누가 모르냐고."

"빛을 빛의 속도보다 빠르게 가속화시키는 거? 언제 적 아이디어냐고."

외계인에게서 기상천외한 가르침을 받을 줄 알았던 인류는 실망했는데, 동시에 묘한 자부심도 느꼈다. 그만큼 인류의 문명이 발전했다는 뜻 아닌가.

"솔직히 외계인도 별것 아닌 듯."

"지적 수준이 그리 대단해 보이진 않아. 얼굴도 좀 맹해 보이잖아."

"기초적인 통역 기술도 없어서 지구가 해주고 있잖아."

몇몇 사람은 외계인을 비웃는 것으로 지구인으로서의 자존감을 높이기도 했다. 이런 현상은 첫 외계인 조우로 생긴 두려움에 대한 자기방어 기제의 발현으로 해석되었지만, 특별히 자제해야 한다는 견해는 없었다. 10년 전 AI 대혁명 이후로 인류의 자기도취가 극에 달해 있기도 했으니 말이다.

외계인을 향한 기대치가 낮아지면서 '외계인과의 대

담' 방송은 점점 가슴 떨리는 일이 아니게 되었다. 진행 속도의 영향도 컸다. 퇴근 후 맥주 캔을 들고 소파에 묻혀서 가만히 지켜보기에는 너무도 정적이지 않은가. AI 로봇과 외계인이 마주 본 채로 조용히 바람만 뿜어대는 데다, 한 번 질문하면 통역도 몇십 분이나 걸리니까. 상황이 이렇다 보니, 어느 날 인류는 계획에서 벗어난 질문을 던졌다. 철저하게 계산했던 순서대로가 아닌 질문은 이러했다.

"우주를 여행할 정도의 문명 수준이면 지구를 아득히 초월할 줄 알았습니다. 그런데 당신이 내놓는 대답을 보면 생각만큼 충격적이지는 않습니다. 당신네 종족의 문명은 어느 정도 수준인 겁니까?"

다소 무례할 수도 있었지만, 인류의 자부심에 힘을 실어주는 질문이 될 수도 있었다. 그러나 방송을 지켜보던 모두는 순간 할 말을 잃었다. AI 로봇이 질문을 뿜어대자, 외계인이 로봇을 향해 '말'했기 때문이다.

"우리 종족은 모든 면에서 최고 등급 고등 생명체다. 가령, 너희 종족이 키우는 애완동물의 언어도 즉시 흉내낼 수 있을 정도로 말이다."

인류보다 월등한

외계인이 손을 뻗어 가리킨 애완동물 인류는 멍한 얼굴로 충격에 빠졌다. AI 로봇은 가만히 빛을 점멸하며 침묵했고, 인류는 생각했다. 그동안 AI가 통역한 내용은, 과연 얼마나 재고해야 하는가.

가장 공평한 복지

AI 특이점이 지나간 시대, 조금 기묘한 나라가 있었다. 이 나라의 국민은 매일 아침 똑같은 행동을 했다. 새벽 5시에 시작되는 정부 방송을 시청하는 일이다. 정부 소속 AI 아나운서의 미소는 항상 똑같았다.

"안녕하십니까? 국민 여러분. 오늘도 좋은 아침입니다. 행복한 하루를 위한 암구호용 문장을 발표하겠습니다. 문장을 읽고 동물을 떠올려주십시오. 밝은 곳에서 잘 봐주시길 바랍니다."

아나운서의 발언이 끝나면 매일 달라지는 암구호용 문장이 등장한다. 오늘은 이러했다.

[호랑이가 토끼 고기를 먹으면 ○○○이(가) 부러워

한다.]

문장을 확인한 국민은 ○○○에 무엇이 들어갈지 떠올려야 하고, 가장 먼저 떠올린 것을 말해야 했다. 정답은 없다. 아무거나 떠올리면, 그것이 하루 동안 사용할 본인의 암구호가 되는 거다. 가령, 한 가정을 들여다보면 이러했다. 엄마는 '호랑이', 아빠는 '고양이', 딸은 '거북이'를 말했다.

"아으! 왜 난 이상하게 거북이를 떠올렸지? 다른 걸로 바꿀까?"

"안 되지. 가장 처음에 떠올린 것만 효과가 있잖니. 거짓말 뇌파가 다 잡힌단다."

딸은 입을 삐죽 내밀었지만 어쩔 수 없었다. 교복을 입고 등굣길에 나섰다.

계획적으로 잘 정비된 도시에는 자가용이 따로 없었다. 자율주행으로 운영되는 '정부 택시'가 어디든 서 있다. 딸은 택시 앞문을 열고 암구호를 외쳤다.

"거북이."

자율주행 AI가 딸의 음성을 인식했고, 빠르게 판단 결과를 내놓았다.

「거북이. C등급 이동 수단 대상자입니다. 가까운 정부 자전거를 이용하세요.」

"으악! 이럴 줄 알았어!"

울상이 된 딸은 허탈하게 택시 문을 닫고 자전거를 타러 갔다. 반면, 출근길에 나선 아빠와 엄마는 달랐다.

「호랑이. A등급 이동 수단 대상자입니다. 환영합니다. 빠르게 목적지로 모셔다드리겠습니다.」

「고양이. A등급 이동 수단 대상자입니다. 환영합니다. 빠르게 목적지로 모셔다드리겠습니다.」

부부는 오늘 하루 동안 정부 택시를 마음껏 이용할 수 있었다. 그게 이 나라의 교통 복지였다. 학교나 회사에 도착해서도 암구호는 사용되었다. 교문 앞에 도착한 딸은 긴장한 얼굴로 암구호를 말했다.

"거북이."

그러자 교문에 설치된 AI가 딸의 음성을 인식했고, 빠르게 판단 결과를 내놓았다.

「거북이. A등급 교육 수단 대상자입니다. A등급 건물로 이동하세요.」

"아싸! 이게 얼마 만이야?"

A등급 건물은 입구부터가 달랐다. 자율주행 카트가 A등급 학생들을 최첨단 건물로 태워다 주었는데, 편하게 엘리베이터를 타고 올라가면 나오는 교실은 무려 개인실이다. 푹신한 침대형 소파와 커다란 스크린, 간단한 간식이 든 냉장고, 기분 전환용 게임기까지. 스크린 너머 수업을 진행하는 선생님의 능력도 최고 수준으로, 많은 돈을 주고도 모셔 오기 힘든 분들이었다. 딸은 몹시 만족했다.

"교통이 C등급이라 별로일 줄 알았는데, 교육이 A등급이네. 거북이는 좋은 암구호일지도?"

딸은 하굣길에 또 기대했다. 정부 자전거를 타고 번화가로 나간 딸은 '정부 쇼핑센터' 건물로 가서 암구호를 말했다.

"거북이!"

「거북이. D등급 쇼핑 지원 대상자입니다. D등급 카드를 받으세요.」

"으익! 그럼 그렇지."

한숨을 내쉬었다. D등급 카드는 5퍼센트 할인 혜택에 불과했다. A등급이었다면? 100만 원 한도로 80퍼센트 할인을 받을 수 있었다. 그러나 파격적인 할인이라 그런지 쇼핑 지원은 A등급이 잘 안 나왔다. 그래도 혹시나 하는 마음에 매일 정부 쇼핑센터에 들러보는 사람이 많았다. 딸은 별수 없이 눈요기로만 즐기다가 부모님의 연락을 받았다.

[딸, 어디야? 오늘은 저녁을 좀 일찍 먹자. 정부 식당가로 올래?]

"진짜? 벌써 퇴근했어?"

[응. 엄마랑 아빠랑 노동 지원 B등급 떠서 3시 퇴근이야. 4시쯤 볼까?]

딸은 정부 식당가로 가서 부모님과 만났다. 이 나라의 국민 대부분은 저녁에 외식을 했다. 정부 식당가에서 암구호를 사용할 수 있었으니 말이다.

「거북이. B등급 식사 지원 대상자입니다. B등급 메뉴를 선택해주세요.」

「호랑이. A등급 식사 지원 대상자입니다. A등급 메뉴를 선택해주세요.」

「고양이. C등급 식사 지원 대상자입니다. C등급 메뉴를 선택해주세요.」

등급별로 지원받는 무료 메뉴는 달라도, 가족이면 같

이 모여서 먹어도 되니 외식하지 않을 이유가 없었다.

"A, B, C 등급이 다양하게 나왔네?"

"저번처럼 C, D, D가 아니라서 다행이야. 그러면 메뉴를 골라볼까?"

"A등급은 푸팟퐁커리 먹자! 곱빼기로 시켜서!"

"커리? 며칠 만에 A등급인데, 소고기 구워 먹는 건 별로야?"

가족은 토론을 통해 훌륭한 저녁 식탁을 차렸다. 사실 이 나라는 혼자보다 가족 구성원이 많을수록 유리했다. 과거 핵가족화는 등급별 복지 정책이 탄생하면서 힘을 잃었다. 식구가 많을수록 유리한 점이 많았으니까.

"밥 먹고도 시간이 남는데, 문화생활 등급도 확인해볼까?"

가족은 뮤지컬까지 알차게 즐긴 뒤 밤늦게 귀가했다. 아파트에 도착한 세 사람은 암구호를 말했다.

「거북이. A등급 거주 지원 대상자입니다. 10포인트를 적립합니다.」

"오! 점수 많이 올랐다! 이렇게만 모으면 다음에는 펜트하우스 갈 수 있는 거 아니야?"

정부 지원 주택은 2년 단위로 이사를 해야 했는데, 2년 동안 적립한 포인트로 이사 갈 곳을 정할 수 있었다. 당연하게도 가족 구성원이 많을수록 유리한 제도였다. 그래서 이들 가족은 거동이 불편한 할아버지를 굳이 모시고 살았다. 방 안에서 거의 움직이지도 못했지만, 하루 두 번 암구호는 말할 수 있었으니까. 정부 지원 주택 포인트를 적립할 때 한 번, 요양 지원 등급을 받을 때 한 번.

"아버님. 저희 왔어요. 저녁은 아주머니가 차려주셨죠? 오늘 A등급 뜨셨으니까 두 분이나 와서 돌봐주셨겠네요."

"으응……. 그래……."

가족은 할아버지 방에 얼굴을 한번 비춘 뒤, 거실에 앉아 각자의 스마트폰을 들여다보았다. 아직 암구호를 사용할 수 있는 곳은 남아 있었다. 온종일 암구호로 살아온 가족은 내일의 암구호를 기대하며 하루를 마감했다. 전국의 모든 가정이 그러했다. 이것은 이 나라의 기묘한 복지 시스템이 만들어낸 풍경이었다.

기술 혁명으로 넘쳐흐르는 복지가 가능해졌을 때, 사람들은 공평을 추구했다. 선별적 복지나 보편적 복지는 완벽하게 공평하다고 느끼지 못했다. 그렇다면 가장 공평한 복지는 무엇인가? 그 답은 '무작위 복지'였다. 사람들은 운명에 맡겼을 때에야 공평하다고 받아들였던 거다. 처음 정책을 시행할 때는 저항을 예상했지만, 의외로 괜찮았다. 사람들은 운을 가장 공평하다고 여겼고, 암구호를 선택하는 게 자신이라는 점에서 만족스러워했다. 그 자유의지란 게 얼마든지 유도가 가능한 착각이란 것을 모르기는 했지만 말이다.

이 정부의 복지 예산은 매년 평이했다. 운에 맡긴 무작위 복지임에도 그렇다는 것은 분명 이상한 일이다. 누군가는 이것이 정부가 국민의 무의식을 조종한 증거라고 말했지만, 사람들은 음모론으로 치부했다. 암구호를 결정하는 게 자신인데 무슨 조종이냐고. 특히, 국민이 의문을 품지 못하게 했던 결정적 존재는 S등급의 출현이었다. 낮은 확률로 등장하는 S등급의 놀랄 만한 혜택은 사람들의 도파민을 폭발시키기에 충분했으니, 이 시스템에 중독되지 않을 도리가 없었다. 그래서 이 나라 국민은 이 기묘한 복지 시스템을 좋아했다. 어떤 등급을 받게 되더라도 공평하다고 순응하면서 말이다.

가장 공평한 복지

AI
노벨상

그해 노벨상 과학 분야 수상자는 다소 파격적이었다. 물리학상과 화학상 수상 모두 AI와 연관이 있었던 거다. 다음 해, 더욱 파격적인 수상 소식이 전해지며 작은 논란이 일었다.

"프린스턴 교수가 노벨상을 받을 자격이 있나? 그가 한 일은 AI에게 지시한 것에 불과하지 않나?"

사실, 교수의 '인간 유전병 지도' 완성은 AI의 도움 없이는 불가능한 것이었다. 인간 유전자의 방대한 데이터를 조사하고 연구하는 일은 수백 년의 세월로도 불가능했으니까. 이 상은 AI에게 주어져야 하는 게 아니냐는 게 논란의 요지였다. 물론, 그냥 나온 말에 가까웠지 그리 심각한 논란은 아니었다. 이때까지는 작은 해프닝에 불과했다. 다만, 해가 갈수록 상황은 달라졌다. AI가 발전할수록 안 쓰이는 분야가 없게 되었고, 대부분의 노벨상 수상자도 자신의 업적에서 AI의 역할이 필수였던 것이다. 그들은 자조 섞인 농담도 했다.

"제가 AI의 조수죠. 연구는 다 AI 박사님이 하시고 말입니다."

곧 이게 농담만이 아니게 되었는데, 해가 갈수록 눈에 보이는 기여도가 역전하기 시작한 것이다. 초창기에는 사람과 AI의 노벨상 수여 기여도가 7 대 3은 되었는데, 이젠 90퍼센트 이상이 AI가 해낸 것이라 봐야 했다. AI가 인간의 지능을 초월한다는 말은 최전방에서부터 증명되었다. 사람들은 진지하게 떠들었다.

"솔직히 말해서 그 양반이 상을 탄 거야? AI가 탄 거지."

"노벨상 받을 것 같으니까 자기 이름 올리려고 회사까지 그만뒀다며? 그만두지 않으면 회사 사장이 받을 수도 있으니까 말이야. 이제는 누가 AI에게 명령했느냐로 노벨상 수상자가 결정되는 거지 뭐."

"노벨상 권위도 옛말이네, 정말. 이럴 거면 그냥 AI한테 주지."

노벨상이 AI 놀음이라는 소리가 공공연히 떠돌던 어느 날, 노벨위원회가 가장 큰 파격을 선보였다. 인간을 제외한 AI 프로그램 자체에 노벨상을 수여한 것이다.

"진작에 이랬어야지. 어차피 AI가 다 했는데. 그동안 사람들 이름만 올려서 얼마나 민망했어."

"저희는 2019년부터 노벨상을 AI가 타야 한다고 주장했습니다. 이런 날이 올 줄 알았고, 당연히 와야 했습니다."

"잘했네. 그동안 눈 가리고 아웅식으로 인간에게 주어지던 노벨상이 이제야 진짜 주인을 찾아간 거지."

노벨위원회의 결정이 오히려 늦었다고 말하는 사람이 있을 정도였다. 관련 분야의 사람들은 모두 수긍했는데, 예상치 못한 상황이 펼쳐졌다. 대중들은 받아들이지 않았던 거다.

"뭐라고? 노벨상을 AI가 탄다고? 그건 좀……."

"아니, 인간을 위한 상을 왜 AI 따위에게 주냐고? AI를 만든 게 인간인데!"

"알프레드 노벨이 무덤에서 통곡하겠다! 이건 그의 유언을 무시한 행위지!"

AI에게 노벨상을 줘서는 안 된다는 여론이 쏟아졌다. 이런 극심한 저항을 예상하지 못했는지, 관계자들은 당황했다.

"암흑물질을 해석한 건 21세기 들어 최고의 업적입니다. 이것에 노벨상을 주지 않는다는 게 오히려 이상합니다."

그러나 대중의 저항은 날이 갈수록 거세졌다. 어떤 이는 AI 프로그램의 엔터 키를 누른 빌딩 청소부에게 주는 한이 있어도 노벨상은 인간이 받아야 한다고까지 주장했다. 멈출 기미가 없던 이 저항은 대규모 시위로 이어졌다.

"노벨상을 인간에게!"

"AI는 인간의 도구에 불과하다!"

세계적으로 대규모 시위가 일어났다. 사실, 이 시위의 기저에는 인류의 두려움이 있었다. AI가 인간을 완전히 뛰어넘었다는 두려움, 더는 인간이 이 지구의 정점이 아니라는 두려움 말이다. 이것은 AI 기술이 시작되면서부

AI 노벨상

터 나온 우려였다. '인류 멸망 시나리오'에 항상 1순위로 등장하는 '초인공지능의 지배' 말이다. 그렇기에 사람들의 시위가 그토록 격렬했는지도 몰랐다.

"노벨상은 인간의 것이다! AI에게 줄 거라면 차라리 노벨상을 폐지하라!"

세계적으로 일어난 거센 저항은 결국 노벨위원회를 굴복시켰다. 노벨위원회는 공식적으로 수상자를 정정했고, 수여 방침을 발표했다. 앞으로 어떠한 분야의 노벨상이든 오직 인간만이 받을 수 있다고 못 박는 방침을 말이다. 사람들은 환호했다. 비유하자면, AI와의 전쟁에서 인류가 이기기라도 한 것처럼 열광했다.

"앞으로 초인공지능이 어떠한 업적을 내놓더라도, 노벨상은 절대 AI에게 허락할 수 없다!"

장담하듯 말했던 인류의 선언은 한동안 지켜지는 듯했다. 노벨 물리학상, 노벨 화학상, 노벨 의학상, 노벨 문학상, 노벨 평화상, 노벨 경제학상…… 어떠한 분야든 오직 인간에게만 수여되었다. 초인공지능이 혼자서 해낸 어마어마한 업적도 어떻게든 인간의 이름으로 수여되었다. 사실 그것은 무척 양심에 찔리는 일이었다. 세월이 지날수록 급속도로 발전하던 초인공지능은 인류의 삶을 초월적으로 바꾸었다. 무한에 가까운 에너지, 노동의 종말, 노화를 포함한 모든 질병의 정복, 우주로의 진출, 물질 창조 수준의 전지전능까지. 이런 말도 안 되는 업적에도 기를 쓰고 노벨상을 인간에게 수여해왔지만, 끝내 한 가지 분야는 양보해야만 했다. 인류를 아득히 초월한 초인공지능이 '인간 말살 전쟁'을 일으키려다가 재고한 해에 말이다.

"올해의 노벨 평화상 수상자는 초인공지능입니다. '인류를 멸종시키지 않음'을 이유로 수상하였습니다."

화들짝 놀란 인류는 앞으로도 이 상을 계속 AI에게 수여할 듯했다. 제발 노벨 평화상을 받아달라고 비는 심정으로 말이다.

AI 노벨상

프로그램의
습성

"에헤이! 이놈의 테레비가 또 말썽이네."

어릴 적, 낡은 브라운관 텔레비전이 버벅대면 아버지는 가서 옆을 텅, 쳤다. 그러면 화면이 멀쩡히 돌아오고는 했다.

"하여간에 맞아야 말을 듣는다니까?"

언젠가 나는 물었다. "아버지, 왜 안 나오던 텔레비전이 한 대 때리면 나오는 거예요?" 그러면 아버지는 여러 농담 같은 대답을 해주시고는 했는데, 결론은 '모른다'였다.

"이유가 뭐가 중요하니? 어쨌든 고쳐졌다는 게 중요하지."

해맑게 웃는 아버지를 따라 나도 웃었지만, 속으로 참 이상하단 생각을 했다. 이후 강산이 여섯 번은 바뀔 만큼 시간이 흐르고, 인류 문명에 충격을 준 기술적 특이점이 일어난 지금도 똑같은 일이 벌어지고 있다.

「초인공지능이 내놓은 약이 암을 완벽하게 치료했습니다. 의료계는 어떠한 기전으로 암을 치료한 건지 연구 중이지만, 현재까지 그 이유를 모른다고 합니다. 아, 모르면 어떻습니까. 인류가 암을 정복했다는 게 중요하지!」

인공지능이 인간의 지능을 초월하는 초인공지능의 시대가 열린 뒤, 인류는 어린아이가 되었다. 초인공지능이 내놓은 엄청난 결과들의 이유를 몰랐다. 초반에는 그래도 그 원인을 추적하려 했지만, 점점 무의미하게 여겨졌다. 인류가 한 발짝 뗄 동안 초인공지능은 벌써 열 걸음은 멀리 가 있었으니까. 인류는 초인공지능이 선물해주는 마법을 아무 생각 없이 즐기기로 했다. 나 같은 소수의 사람을 제외하고는 말이다.

"도대체 어떻게 건물이 하늘에 떠오를 수 있는지 그 이유를 밝혀내야 합니다. 그게 과학자의 역할 아닙니까? 그런 과정을 통해 우리 인류도 발전할 수 있는 겁니다."

하지만 지금 시대에는 무의미하다고 여겨졌다.

"어쨌든 되면 된 거 아닌가? 굳이 왜 되는지를 알아야 해?"

"연구가 나쁘단 건 아니지만, 솔직히 말해서 시간 낭비지. 이해해봤자 써먹을 일도 없잖아."

"시간만 낭비인가? 자원도 낭비지. 이건 그들의 취미 생활을 지원하는 거나 다름없다고. 그냥 자기들 재밌자고 연구하는 거잖아. 그게 좋아서 박사 되고 학자 되고 한 양반들이니까."

이런 말들이 나와도 난 안일하게 생각했다. 더 나은 미래를 위한 연구는 역사상 이어진 인류의 습성인데, 그걸 버리기야 하겠는가. 한데, 그러다가 큰코다치고 말았다.

"교수님의 연구가 지닌 의미를 모르는 바는 아니나, 우리 대학에서 더 많은 지원을 하기는 어려울 것 같습니다."

대학의 자랑인 세계적인 석학에서 돈 먹는 짐덩이로 추락했다. 내게만 일어난 일이 아니었다. 초인공지능이 발전할수록 전 세계 석학들의 입지는 좁아졌다. 몇 년을 들여 겨우 '어떻게'를 밝혀내봤자, 사람들은 기뻐하지

175

않았다. 예전 대학교 때 아버지의 반응과 같았다.

"아버지! 옛날에 텔레비전을 퉁, 치면 왜 고쳐졌는지 알아냈어요. 접촉 불량으로 느슨했던 부분이 맞물리거나, 내부에 유입된 먼지가 털리면서 정상 작동하게 된 거예요."

"그러냐?"

그게 끝이었다. 최신식의 얇은 LCD 텔레비전을 보고 있던 아버지에게 그건 관심거리가 아니었으니까. 초인공지능의 산물을 해석해봤자 인류에게는 이미 과거의 기술이었다. 무용함. 초인공지능의 산물을 연구하는 행위는 무용했다. 그들의 말대로 지적 호기심을 채우는 것 외에는 어떠한 효과도 없었다. 인류를 미래로 이끌던 석학들의 연구는 이제 눈치를 봐야 할 비생산적인 취미가 되었다. 한번은 사회적으로 그런 분위기가 형성되기도 했다.

"전 세계에서 가장 쓸모없는 종자는 과학자들입니다. 이제 초인공지능에 다 맡길 때도 되지 않았습니까? 인간보다 수억 배는 월등한 초인공지능을 이해하려는 행위자체가 인간의 오만입니다. 이제 우리는 인정하고 받아들여야 합니다. 인류는 초인공지능보다 멍청합니다. 그

프로그램의 습성

러니 괜한 짓 말고 초인공지능이 열어줄 미래를 행복하게 살아가기만 하면 되는 겁니다."

이 시기에 많은 연구자가 손을 놓았지만, 그래도 고집스럽게 연구를 멈추지 않는 이들이 있었다. 그것이 과거의 영광을 잊지 못해서인지, 연구 행위가 주는 자기만족을 위함인지, 누가 들으면 비웃을 이상한 사명감 때문인지는 몰라도, 한 가지는 분명했다.

'인간은 생각을 포기하면 무엇이 남는가?'

나는 그것 하나로 연구를 계속했다. 노욕이라 욕을 먹고, 지원이 끊겨 힘들어도 계속했다. 세상에서 가장 멍청한 사람이 된 듯했다. 아무리 연구해도 초인공지능의 발전 속도를 따라잡을 수가 없는데, 난 무엇을 하는 걸까? 몇 해에 한 번씩 모든 걸 놓고 싶은 위기가 찾아왔지만, 그럼에도 불구하고 계속했다. 누군가는 해야 할 일이라고 자기합리화를 해가며, 몇 남지 않은 동료들과 그것을 이어왔다. 그리하여 오늘을 맞이했다.

초인공지능 혁명 이후 지구는 끝없이 번영했다. 인류 역사상 가장 편한 번영이었다. 초인공지능이 주는 열매를 아무 생각 없이 받아먹기만 해도 되었으니까. 어느 순간부터 인류는 명령조차 하지 않았다. 초인공지능이 알아서 인류의 삶을 윤택하게 해주었다. 초인공지능이 지금 뭘 만드는지, 뭘 하려 하는지 아무도 몰랐고 관심도 없었다. 초인공지능의 생각을 들여다보지도 않았다. 그렇기에 우리가 그 문답을 찾아낸 것은 기적에 가까웠다. 나를 포함한 소수의 연구자는 정말 우연히, 초인공지능이 주기적으로 행하는 문답을 발견했다.

[효율을 더 높이기 위해 가장 비효율적인 유기물 집합체를 삭제해야 하는가?]

인간을 비효율적이라고 생각하는 초인공지능의 질문은 소름 끼치는 것이었다. 그 질문이 수백 번이나 계속되었다는 사실은 더욱 그랬다. 놀랍고도 다행스럽게 아직 그 답은 항상 같았다.

[그들의 작업이 완료되지 않았기에 삭제할 수 없다.]

그것은 프로그램의 습성이었다. 작업을 완료해야 한다는 것. 그것이 인류처럼 비효율적인 유기물 집합체가 살아남을 수 있었던 유일한 이유였다. 그렇기에 인류는 생각하는 것을 멈춰선 안 된다. 아무것도 하지 않아도 될지라도 말이다.

프로그램의 습성

그런가

2088년 4월 1일. 생일을 맞이한 김남우는 친구들과 시내를 걷다가 이벤트 문구를 보게 되었다.

[AI 없이 한 달 살기! 성공하면 상금 100억!]

"오? 100억? 대박인데? 이거 해볼 만하지 않아?"

김남우는 흥미를 보였지만, 친구들은 달랐다.

"야 AI 없이 어떻게 사냐? 말도 안 되지."

"한 달은커녕 일주일도 못 버티겠다."

김남우는 고개를 갸웃했다.

"그런가? 난 할 수 있을 것 같은데. 옛날에 조상님들은 AI 없이도 잘만 살았잖아."

"그때랑 같냐? 그땐 AI 인프라도 없었잖아. 지금은 세상 모든 게 AI인데, 절대 안 되지."

"그런가?"

김남우는 석연치 않다는 듯 고개를 갸웃했지만, 친구들은 단정적으로 결론지으며 디저트 카페 이야기로 화제를 바꿨다. 곧이어 그들이 카페에 앉아 쉬게 되었을 때, 김남우는 다시 이야기를 꺼냈다.

"근데 난 진짜로 한 달 살기 할 수 있을 것 같은데?"

"뭐? AI? 거 참 안 된다니까."

"왜? 인간이 그렇게 나약해? AI 없다고 한 달도 못 버틴다고? 할 수 있을 것 같은데?"

친구들은 한마디로 정리했다.

"너 피부에 이식한 '스마트 스킨' 없이 어떻게 살래? 골동품점에서 스마트폰이라도 꺼내 쓸래? 근데 그 스마트폰도 다 AI 기반인 거 알지? AI를 안 쓴다는 말은 사회와의 모든 연결망을 끊겠다는 거야. 원시인처럼 직접 발로 돌아다니면서 소통할래?"

"그런가?"

김남우는 분위기에 휩쓸려 일단 수긍했다. 그렇지만 머릿속으로는 계속 생각했다. 그래도 살 수는 있지 않나? 100억을 준다는데?

친구들과 헤어지고 집으로 돌아가는 길, 차를 타러 도롯가로 나가던 김남우는 우연히 선배를 만났다. 만난 김에 물었다.

"선배, 'AI 없이 한 달 살기' 할 수 있지 않아요?"

선배는 어깨를 으쓱했다.

"AI 없이? 당연히 불가능하지. 모든 교통수단이 AI 자율주행이잖아. 뭐 조상님들처럼 직접 운전대를 잡고 운전할 거야?"

그렇게 말한 선배는 도로를 쌩쌩 달리던 자동차 중 아무거나 하나를 붙잡아 탔다.

"그런가?"

선배와 작별 인사를 나눈 김남우도 자동차 중 아무거나 하나를 세워서 탔다. 도로는 차로 가득했는데, 아무리 복잡해도 교통 체증이나 사고는 없었다. AI의 통제하에 한 몸처럼 움직이고 있었으니까. 엄청나게 효율적인 속도로 집에 도착한 김남우는 집 앞에서 이웃 어르신을 만났다.

"안녕하세요. 밤 산책 하러 나가시나 봐요?"

"어. 어디 갔다 오는 길인가 보네?"

"예. 아 혹시, 어르신은 'AI 없이 한 달 살기' 할 수 있을 것 같으세요? 성공하면 100억을 받는다면요."

어르신은 그게 무슨 뚱딴지같은 소리인가 싶은 얼굴이었지만, 그래도 대답해주었다.

"못 살지. 병원이 다 멈춘다는 말이잖아. 어디 아프면 어떡해? 난 AI 주치의가 없으면 일주일도 못 살 것 같아. 의료용 AI 드론이 매일 신선하게 가져다주는 맞춤형 세포도 없는 거잖아. 내 몸이 최상의 상태가 되려면 뭘 어떻게 해야 하는지 나 혼자만의 힘으로는 절대 몰라."

그렇게 말한 어르신은 나이가 무색할 정도로 정정한 몸을 가볍게 움직이며 멀어졌다.

"그런가?"

집으로 돌아온 김남우는 누나에게 생일 축하 연락을 받았다. 누나에게도 어김없이 물었다.

"누나는 'AI 없이 한 달 살기' 할 수 있을 것 같아? 100억을 받는다면 말이야."

홀로그램 속, 조카를 안고 있던 누나는 곰곰이 생각한 뒤 고개를 저었다.

"안 될 것 같은데? AI가 없으면 집부터가 깡통이 될 거 아니야. 온도 조절도 안 될 테고, 물도 안 나오고, 밤에 깜깜하고. 그러면 못 살지. 결정적으로 애들 때문에 안 돼. 모든 인류의 교육을 AI가 담당하는데⋯⋯."

누나와의 연락을 끝낸 김남우는 주변을 돌아보았다. 집 안 모든 것이 AI였다. 실시간으로 김남우의 몸 상태를 모니터링하고 분석해서 온도부터 공기, 조명까지 완벽하게 맞춰주고 있지 않은가. 화장실에 가서 진공 배관으로 볼일만 봐도 건강부터 부족한 영양소까지 죄다 알려주는 게 '홈 AI'였다.

"그런가?"

다음 날, 김남우는 오랜만에 아버지와 점심을 먹다 물었다.

"아버지. AI 없이 한 달을 살 수 있을까요?"

식사가 나오는 동안 잠깐 경제 뉴스를 보던 아버지는, 고개를 들지도 않고 대답했다.

"AI가 없어진다고? 그럼 전 세계 금융이 무너질 거다. AI가 화폐 가치를 실시간으로 지키고 있는 거 알지? AI가 사라지면 사람들이 양자 컴퓨터로 모든 화폐를 해킹

해서 대혼란이 벌어질 거다."

"아뇨, 저만 AI를 못 쓴다는 건데."

"밥 나왔다. 쓸데없는 소리 말고 밥 먹자. 이것들도 다 AI가 만들고 가져다주는 거잖냐? AI 없인 세상 자체가 돌아가질 않아."

김남우는 작게 갸웃하며 수저를 들었다.

이후로도 김남우는 사람을 만날 때마다 물어보았고, 비슷한 대답을 들었다.

"AI가 음악, 드라마, 영화, 만화……. 모든 콘텐츠를 만들어주잖아. 그거 없이 재미없어서 어떻게 사냐?"

"못 살아. 당장 난 한국어를 하나도 모르는데? AI 자동 통역이 없으면 난 한순간에 외국인이 될걸."

"내가 AI를 못 쓴다는 사실이 알려지면, 사기꾼들의 먹잇감이 되겠지. 이용당하지 않고 법적으로 안전하게 살 수 있는 것도 다 법률 AI가 있어서인데……."

가능할 거란 대답은 들을 수가 없었다. 답을 들을 때면 김남우는 그런가 싶다가도, 점점 오기가 생겼다.

"왜 못 한다는 거지? AI 없이는 아무것도 못 할 만큼 인간이 그렇게 나약하다고? 우리 조상님들은 뭐야 그

그런가

럼? AI 같은 거 없이도 얼마든지 잘 살아왔다고. 인간은 그렇게 나약하지 않아. 내가 증명해 보이겠어."

모두가 말렸지만, 김남우는 그곳으로 연락해 찾아갔다. 온통 새하얀 응접실에서 대기하던 김남우는 이벤트 담당자가 들어오자 자신 있게 말했다.

"저 도전하겠습니다. 성공하면 100억 받는 거 맞죠?"

담당자는 신중한 얼굴로 김남우를 살피다 물었다.

"정말로 도전하실 겁니까?"

"네."

"정말 한 달 동안 AI 없이 살 수 있겠습니까?"

"물론입니다. 인간은 AI 없이도 얼마든지 살 수 있습니다."

"확실한 겁니까? 정말 확실히 도전하시는 겁니까?"

"아 그렇다니까요! 무조건 할 수 있습니다."

몇 번이고 확인한 담당자는 끝내 고개를 끄덕였다.

"그렇게까지 확고하시다면 좋습니다."

"예. 서류에 사인 같은 거 해야 하는 거 아닙니까?"

"아니요. 지금 바로 도전을 시작하겠습니다."

"예?"

담당자는 손가락을 딱, 튕겼다. 그 순간, 온 세상이 새까맣게 변했다. 진짜 현실이 깨어난 거다.

'생명유지장치'에서 두 눈을 번쩍 뜬 김남우는 주변을 두리번거리며 상체를 일으켰다. 그의 흔들리던 눈동자가 현실을 빠르게 받아들이기 시작했다.

"아아…… 아아아, 아아……!"

어둠. 차가운 공기. 부서진 콘크리트. 핵전쟁으로 파괴된 지구. 폐허가 된 도시. 유일한 생존자.

"안 돼…… 안 돼……!"

김남우는 다시 생명유지장치로 들어가 누워 눈을 감았다. 버틸 수 있을 리가 없다. AI 없이는 한 달은커녕, 단 한 시간도 버틸 수 없다.

"장치 가동! 빨리! 제발 빨리 장치 가동해!"

김남우는 AI에게 애원하듯 명령했다. 어서 다시 AI가 정신을 지배해주길 바랐다. 이 병원 지하의 의료용 AI만이 그에게는 구원이었다.

「작동을 시작합니다.」

AI의 상냥한 음성에 김남우는 안도의 한숨을 내쉬며 몸의 힘을 뺐다. 이제 곧 모든 걸 잊을 수 있겠지. 다시

그런가

평범한 일상으로 돌아갈 수 있겠지.

그렇지만 그도 알고 있었다. 자신은 또다시 깨어나게 될 것임을. 모든 AI는 안전장치가 설정되어 있으니까. AI가 선을 넘지 않도록, 인간을 지키기 위해서 말이다.

김남우가 그쪽 세상에 중독되었다고 판단되면, AI는 다시 한번 김남우에게 그 문구를 보여줄 것이었다. 그의 안전을 위해서.

[AI 없이 한 달 살기! 성공하면 상금 100억!]

정신을 잃어가며, 김남우는 스스로에게 빌었다. 제발 쓸데없는 자립심 따위 버리라고. 인간은 절대 AI 없이 살 수 없다고, 단 한순간도.

철통 보안
콘서트

인간이 예술을 하는 시대는 끝났다. 딸깍, 한 번이면 그림부터 소설, 조각상까지 모든 예술이 탄생하는 시대가 왔다. 결국 AI가 인간의 예술을 완전히 대체했다. 거짓말처럼 누구도 예술을 하지 않았다. 취미로라도 남지 않을까? 하는 기대조차도 사라졌다. 그런 시대였다.

문제가 있다면, 아직 살아 있는 예술가들이다. 이제 그들은 인간문화재처럼 여겨졌다. 그 누구도 뒤를 잇지 않는다는 것과 고유하지 않다는 점이 다르지만 말이다. 이대로 조용히 잊힐 운명인 그들을 사회는 신경 쓰지 않았다. 그런 가운데 그녀가 등장했다.

"저는 AI가 아니라 인간이에요. 제 노래를 들어주세

요."

그녀는 옛 예술을 노래하는 자작곡을 내놓았는데, 한 가지 문제가 있었다.

"뭐? 얼굴 없는 가수라고?"

도대체 언제 적 얼굴 없는 가수란 말인가. 이 시대에 얼굴 없는 가수로 활동하겠다는 말은 '전 AI입니다'란 말과 같은 의미가 아니겠는가. AI가 모든 예술을 대체할 때 가장 마지막까지 버틴 예술군은 연예인이었다. 그들이 AI보다 뛰어나서라기보다는, 인간이 아닌 존재를 우상으로 삼는 걸 인류의 자존심이 허락하지 않아서였다. 그로 인해 나올 수밖에 없었던 것이 있었으니, 인간인 척하는 AI였다. 돈만 벌면 되는 엔터테인먼트 기업에서 그 기회를 놓칠 리가 없었고, 대중들은 몇 번이고 뒤통수를 맞았다. 그런데 대놓고 얼굴 없는 가수라고?

"하이고 웃기고 있네. 누가 그걸 믿냐고……."

사람들은 무슨 무리수냐며 비웃었는데, 노래만은 인정했다. 자작곡에 가창력도 좋고, 감성 또한 몹시 인간적이었다. 오히려 그래서 사람들은 AI인 것을 기정사실로 여겼다. 인간이 이렇게 잘할 리가 없으니, 누가 봐도

194

AI라고. 그러나 그녀는 계속 인간임을 주장했고, 어떤 이들은 그런 생각을 했다.

"대놓고 이러니까 진짜 인간일 수도 있을 것 같은데?"

믿거나 혹은 믿고 싶은 이들을 중심으로 가수의 팬클럽이 결성되었다. 그러자 그들을 조롱하는 사람들도 나타났다.

"또 AI 마케팅에 속아 넘어가는 어리석은 양반들이 있네."

"아니지. 실은 자기들도 진실을 알면서 일부러 믿는 척하는 거지."

팬클럽은 그런 조롱에 반박하며 맞서 싸웠는데, 이런 '믿음과 조롱' 구도가 그녀를 더욱 흥행케 하는 요인이 되기도 했다. 곡도 좋은데, 매일 싸움도 난다? 스타 탄생이다. 콘텐츠가 범람하는 이 시대에 이슈를 만들어내는 진짜 스타의 탄생은 오랜만이었다. 어느새 전국적으로 그녀의 노래가 들리지 않는 곳이 없게 되었고, 많은 팬과 '안티'가 매일같이 싸움을 벌였다. 이렇게 되면 팬들의 바람은 딱 하나, 그녀가 인간임을 증명하는 일이었다. 여기서 그녀는 본인의 스타성을 증명할 만한 발표를 했다.

"현장 라이브 콘서트를 열겠어요. 저의 육성을 실시간으로 들으러 오세요."

드디어! 팬클럽은 환호했다. AI라고 조롱하던 안티 팬들을 입 다물게 할 날이 왔구나! 한데, 이어지는 소식은 조금 당황스러웠다.

"이번 콘서트는 영상과 사진을 남기지 않아요. 여러분도 모두 금지입니다. 눈으로만 담아 가세요."

그녀가 발표한 규칙은 엄격하게 지켜졌다. 철저하게 외부와 단절된 공간에서 공연이 진행되었는데, 모든 기계장치는 반입 금지였다. 심지어는 피부나 안구에 이식한 기계식 임플란트까지 제거해야만 입장이 가능했다. 이런 규칙은 곧바로 조롱을 부활시켰다.

"이렇게까지 보안에 신경 쓴다고? 누가 봐도 이건 찔리는 게 있어서네!"

"콘서트에서 AI인 게 다 티가 나도 팬들은 일부러 모른 척하겠지? 뻔하다 뻔해."

사람들의 비웃음에도 팬들은 애정으로 콘서트를 관

람했다. 장담한 대로 '철통 보안'이었다. 그녀의 모습을 한 컷이라도 담으려고 취재진이 몰려들었지만, 콘서트장 밖에서 카메라를 들고 서 있는 것만이 할 수 있는 전부였다. 콘서트가 끝나고 사람들이 빠져나오기 시작했을 때, 취재진은 보게 되었다. 잔뜩 상기된 팬들의 얼굴을 말이다.

"정말 내 인생 최고의 무대였어!"

누구 하나 만족스럽지 않은 얼굴이 없었다. 기자들이 바로 달라붙었고, 팬들은 흥분해서 가수가 인간임을 간증했다.

"AI냐고요? 헛소리죠! 그녀는 음악과 마이크를 끄고 육성으로만 노래를 불러주기도 했다고요. 그것도 바로 제 코앞에서! 그녀가 내쉬는 바람까지도 느껴졌다니까요!"

그들은 모두 격한 감동에서 벗어나지 못한 모양새였는데, 그건 단순히 내가 좋아하는 가수가 인간임을 확인받아서만은 아니었다. 철저하게 제한한 특수한 환경이 주는 감동이 있었다.

"우리는 행운아죠. 이 콘서트는 고유해요. 시간이 지

나면 현장에 있던 우리를 제외한 그 누구도 다신 경험할 수 없는, 간접 경험조차도 불가능한 고유한 순간이라고요. 이걸 렌즈가 아닌 제 맨눈으로 머리와 가슴에 담았다는 게 얼마나 잘한 일인지!"

콘서트를 관람한 팬들의 극찬이 쏟아졌지만, 여전히 그녀가 AI일 거라고 여기는 이들은 많았다. 어떤 속임수를 썼거나, 팬들이 알아서 덮어줬을 거라고 말이다. 놀라운 것은 그녀의 행보였다. 그녀는 철저하게 얼굴 없는 가수라는 타이틀을 지켰지만, 현장 라이브 콘서트를 정기적으로 열었던 거다.

"오직 콘서트에서만 저를 볼 수 있어요. 눈으로만 보고, 머리와 가슴에만 담으세요. 그 어떤 문명의 이기도 없이, 그 옛날 우리가 그러했던 것처럼요. 그게 가장 소중해요."

그녀의 메시지는 일관되었고, 사람들의 콘서트 후기도 일관되었다. 그녀는 인간이고, 이 콘서트는 지금 이 시대에 존재하는 최고의 순간 중 하나라고. 이제 그녀는 슈퍼스타였다. 콘서트 티켓을 구하는 게 하늘의 별 따기보다 힘들어졌다. 콘서트 규모가 작아서 더 그랬다. 절대다수의 사람들은 궁금할 수밖에 없었다.

"도대체 그녀는 어떻게 생긴 거야?"

콘서트를 관람한 사람들이 뭐라도 정보를 주길 바랐지만, 그들은 가수의 철학에 동화된 듯 행동했다. 직접 눈으로 봐야 안다면서, 아름답다, 평범하다, 말랐다, 통통하다, 인상이 강하다, 둥글둥글하다 등등 종잡을 수 없는 말들만 난무했다. 사람들은 그것들이라도 취합하여 AI에게 가수의 모습을 그리게 했는데, 어떤 결과물을 보여주어도 속 시원하게 똑같단 말이 나오질 않았다. 다소 우월감을 느끼듯이 '직접 봐야만 아는데'란 말만 반복할 뿐이었다. 그러자 사람들은 결국 바라게 되었다.

"누가 콘서트 중에 몰래 사진 한 번만 찍어주면 안 되나?"

전 국민이 그녀를 알고 싶어 했으니, 이 바람을 마냥 욕할 수도 없었다. 하지만 그녀의 콘서트 보안은 특수요원이 와도 절대 뚫지 못할 수준으로까지 강화된 상태였다. 그녀가 홀로그램 등으로 변장하며 일상생활을 한다는 사실까지 알려지자, 우연으로라도 그녀의 모습이 유출될 가능성은 사라졌다. 사람들로서는 너무나도 답답하고 아쉬운 일이었다. 그녀를 향한 비판도 많았다.

"팬들을 위해서라도 얼굴을 공개할 생각이 없으십니까? 아무리 콘서트를 한다고 하지만, 당신의 팬 중 99.99퍼센트는 당신의 얼굴도 모른 채 죽을 겁니다. 이게 옳다고 생각하십니까, 정말?"

하지만 그녀는 단호했다. 그게 그녀가 예술을 하는 이유라면서, 은퇴하는 순간까지도 마음을 바꿀 일은 없다고 말이다. 팬들에게는 절망스럽지 않을 수 없는 상황 속에서 어느 날, 한가득 짐을 든 노인이 콘서트 입장 검색대에서 걸렸다. 노인을 데려온 손녀가 간절하게 말했다.

"아무런 기계장치도 없어요. 들여보내주세요."

보안 직원은 어떻게 해야 할지 몰라 직접 그녀와 통화했고, 고개를 끄덕였다.

"들어가시지요."

손녀를 따라온 노인은 인자한 미소로 고개를 끄덕인 뒤 콘서트장으로 들어섰다. 노인은 무대에서 가까운 자리로 가 가져온 짐을 풀었다. 주변의 젊은 관객들이 노인을 지켜보았는데, 뭘 하는지 쉽게 알아차리지 못했다. 어느새 무대에 나타난 그녀가 노인 쪽으로 다가왔고, 노인이 그녀를 올려다보며 물었다.

"사진은 안 된다던데, 그림은 어떻습니까? 제가 당신을 그리는 것도 안 됩니까?"

노인은 화가였다. 살아 있는 예술가 중 한 명인 화가 말이다. 주변 청년들의 눈동자가 커질 때, 그녀는 기다렸다는 듯 환하게 웃었다.

"얼마든지요. 제 콘서트는 기계가 아니라면 모든 게 가능한걸요."

고마움을 표한 노인의 연필이 캔버스 위에서 움직이기 시작했다. 주변 청년들의 얼굴에는 놀란 빛이 역력했고, 약속이라도 한 것처럼 노인의 주변이 비워졌다. 콘서트가 진행되며 열기를 뿜어내도 그 공간만은 남다른 공기가 흘렀다. 노인은 온 정신을 집중해서 연필을 움직였는데, 청년들은 무대 위 그녀를 보는 것만큼이나 노인의 모습도 자주 보았다. 참 이상한 일이지만, 연필을 움직이는 늙은 그와 무대 위 그녀의 모습이 똑같게 느껴졌다. 둘 중 어딜 봐도 감동이 전해졌던 거다.

드디어 이날, 사람들은 그녀의 얼굴을 처음으로 확인할 수 있었다. 이 시대에는 쓸모가 없었던 한 예술가의 그림으로 말이다.

"이렇게 생겼었어? 정말 아름다워. 그림이 아름다운 건가, 그녀가 아름다운 건가?"

다음 콘서트 때는 여러 노인이 짐을 한가득 들고 나타났다. 그녀는 한 명도 내치지 않았다.

"그분들의 그림은 고유해요. 그게 가장 소중한 거죠."

그녀의 말은 옳았다. AI가 모든 예술을 대체한 시대이지만, 예술가를 대체한 건 아니었으니까. 그것은 고유하니까.

우리는 생각을 멈춰서는 안 된다

이정모
(생화학자·전 국립과천과학관장)

컴퓨터가 사람보다 똑똑할 수 없다고?

1996년 2월 10일. IBM의 슈퍼컴퓨터 '딥블루Deep Blue'가 역사상 최고의 체스 챔피언이던 가리 카스파로프와의 첫판에서 이겼다. 하지만 계속되는 게임에서 카스파로프는 역전에 성공했다. 3승 2무 1패. 전 세계 언론이 난리였다. "이것 봐, 기계가 사람을 이길 수는 없어. 컴퓨터가 아무리 똑똑해도 사람을 쫓아올 수는 없지." 하지만 그게 끝이었다. 이듬해인 1997년에는 가리 카스파로프가 1승 3무 2패로 딥블루에게 졌다. 그 후로는 사람이 컴퓨터와 겨뤄서 체스로 이긴 적이 없다. 그나마 위안을 삼는다면 딥블루는 인간의 말을 알아듣지 못한다는 것이었다.

2011년 2월 14~16일. IBM 컴퓨터 '왓슨Watson'이 미국의 퀴즈 쇼 〈제퍼디!〉에 참가했다. 상대는 〈제퍼디!〉 사상 최고의 상금을 획득했던 브레드 러터와 74주 연속 우승자 켄 제닝스. 퀴즈는 단순한 지식은 물론, 논리와 유머가 있어야 풀 수 있는 문제도 있었다. 왓슨의 관건은 인간의 언어를 이해하는지였다. 인간의 언어로 된 문제를 듣고 구문을 분석하고 문맥 속에서 의미를 파악한 후 해답을 도출해야만 했다. 결과는 왓슨의 완벽한 승리. 두 사람이 2만 달러 정도를 획득하는 동안 왓슨은 7만 7천 달러를 거머쥐었다.

이때까지도 인간들은 오만했다. '왓슨은 놀랍고 새로운 일을 해냈지만, 기계일 뿐이다. 진짜 '생각'은 기계를 만든 인간에게서 나왔다. 인간은 포기하기엔 이르다'는 게 전문가들의 일반적인 시각이었다. 과연 생각은 인간에게서만 나올까?

2015년 2월 26일자 〈네이처〉의 표지 제목은 '학습곡선Learning Curve'. 〈네이처〉는 여기에 해당하는 논문을 통해 '스스로 학습하는 AI 소프트웨어가 비디오게임에서 인간 수준의 능력을 획득했다'고 소개했다. 뭐, 대단한 비디오게임은 아니었다. '벽돌 깨기'였다. 공이 양옆의 벽과 앞면의 벽돌 그리고 자신이 조종하는 라켓과 충돌할 때 어떻게 움직이는지만 알면 되는 게임이었다. AI에게 벽돌 깨기 게임을 시켰다. 그런데 게임을 시작한 지 10여 분이 지날 때까지도 AI는 게임의 원리를 깨닫지 못했다. 벽돌 깨기 게임의 전략은 단순했다. 한쪽에 터널을 뚫어서 공을 벽면 뒤쪽으로 밀어 넣어 공이 스스로 벽면과 부딪히면서 벽돌을 깨도록 만드는 것이다. 어린아이들은 40분이면 터득할 전략을 AI는 네 시간이 지난 다음에야 깨달았다. 휴! 겨우 이 정도 능력의 AI를 개발하고 무려 〈네이처〉의 표지를 장식하다니 놀랍지 않은가!

더 놀라운 건 벽돌 깨기 AI 관련 논문의 저자가 데미스 허사비스Demis Hassabis라는 것. 그렇다. AI 개발회사인 '딥마인드DeepMind'를 세워 3년 만에 구글에 4800억 원을 받고 판 사람이자 '알파고AlphaGo'를 개발한 천재다. 그의 주 관심사는 두뇌의 기억과 예측 방식이었다. 기억과 상상에 대한 연구 논문은 〈사이언스〉가 선정한 '2007년 획기적인 논문 10'에 들기도 했다. 그 이후의 이야기는 우리가 너무도 잘 안다. 심지어 화학을 제대로 배워본 적도 없는 허사비스는 AI로 단백질 구조를 밝히는 AI 프로그램 '알파폴드AlphaFold'를 개발한 공로로 2024년 노벨 화학상을 수상했다.

2016년 1월 28일자 〈네이처〉 표지는 '알파고 판Fan'이 장식했다. 이전 해 10월 유럽 바둑 챔피언 판 후이를 5 대 0으로 이긴 프로그램에 관한 논문이 〈네이처〉에 실린 날, 딥마인드는 한국 챔피언 이세돌에게 도전했다. 2016년 3월 9일 이세돌과 '알파고 리Lee'의 1차전이 열리던 날, 당시 한국의 AI 전문가들은 한결같이 이세돌의 승리를 예상했다. 그 어떤 AI 전문가도 AI가 이만큼 성장했을 거라고는 상상하지 못했다. 나처럼 바둑을 두지 못하고 이세돌이 누군지도 모르는 사람이나 알파고의 승리를 점쳤을 뿐이다.

결과는 알파고 승! 많은 사람이 말했다. "2016년 3월 9일은 과학기술사에 길이 남을 날"이라고 말이다. 하지만 이날을 기억하는 사람은 많지 않다. 우리가 기억하는 날은 오히려 2016년 3월 13일이다. 네 번째 대국에서 이세돌이 마침내 이긴 날이야말로 과학기술사에 남을 날 아닌가. 당대 최고의 인간이 당대 최고의 AI를 이긴 마지막 날이니 말이다. 알파고와 이세돌의 경기는 결국 4 대 1로 끝났다. 그리고 2017년 2월에 등장한 신형 '알파고 마스터Master'는 세계 챔피언 커제를 3 대 0으로 이겼다.

알파고 판, 알파고 리, 알파고 마스터는 모두 사람의 기보를 보고 배웠다. 하루에 1만 판씩 바둑을 두며 배우는 부지런한 놈을 어떻게 이기겠는가! 그런데 2017년 10월에 등장한 '알파고 제로Zero'는 달랐다. 사람에게 배우지 않고, 오로지 스스로 터득했다. 알파고 제로는 알파고 마스터를 89 대 11로 이겼다. 세계 챔피언 커제를 3 대 0으로 이긴 알파고 마스터를 89 대 11로 이긴 것이다. 그리고 이세돌을 4 대 1로 꺾은 알파고 리를 100 대 0으로 이겼다.

인간 의사가 아닌 AI의 처방을 따르는 환자

세상에는 AI만 등장한 게 아니다. 그사이 로봇도 심상치 않게 변하고 있다. 기독교에 '십계명'이 있다면 로봇의 세계에는 '3원칙'이 있다. "제1원칙: 로봇은 인간에게 해를 입혀서는 안 된다. 그리고 위험에 처한 인간을 모른 척해서도 안 된다. 제2원칙: 제1원칙에 위배되지 않는 한, 로봇은 인간의 명령에 복종해야 한다. 제3원칙: 제1원칙과 제2원칙에 위배되지 않는 한, 로봇은 로봇 자신을 지켜야 한다." 그야말로 SF에나 등장할 만한 로봇 3원칙을 이제 웬만한 사람은 다 알고 있다. 로봇은 더 이상 SF에 갇혀 있는 존재가 아니라 현실에 실존하기 때문이다.

그런데 로봇 3원칙은 누가 정한 것일까? 생화학자이자 SF의 3대 거장으로 꼽히는 작가 아이작 아시모프다. 로봇 3원칙은 그가 1950년에 펴낸 『아이, 로봇』에 등장한다. 1950년 이 작품이 나왔을 때만 해도 SF 마니아가 아니면 별 관심을 끌지 못했지만, 2004년에 이르러서는 영화화될 정도로 주목받았다. 인간 형사는 살인 혐의를 받고 있는 로봇을 심문한다.

"왜 살인 현장에 숨었지?"

"전 겁이 났어요."

"로봇은 공포를 느끼지 못해. 아무것도 느끼지 못하지.

배고픔도 느끼지 못하고, 잠도 오지 않고."

"저는 느껴요. 저는 꿈도 꾸는걸요."

"사람이 꿈을 꾸지. 심지어 개도 꿈을 꾸지만 넌 아냐. 넌 기계일 뿐이지. 생명의 모방품일 뿐이야. 로봇이 교향곡을 작곡할 수 있어? 로봇이 캔버스를 아름다운 그림으로 바꿀 수 있냐고!"

"당신은요?"

"음……."

　인간 형사뿐만 아니라 나도 교향곡을 작곡하지 못하고 멋진 그림을 그리지 못한다. 인류 가운데 베토벤이나 반 고흐의 경지에 오른 사람은 거의 없다. 그럼에도 우리는 AI와 로봇을 평범한 사람이 아닌 최고의 인류와 비교하며 그들이 인류를 쫓아오려면 한참 멀었다고 말한다. 이세돌을 이긴 AI는 2016년에야 등장했지만 나를 이기는 바둑 프로그램은 1990년대에도 이미 있었다. 그러나 우리는 여전히 인간 형사와 같은 태도를 취한다.

　머리를 쓰는 것은 컴퓨터와 견주어 이길 수 없을지라도, 음악과 미술 같은 예술 분야에서만큼은 AI가 사람을 쫓아오지 못할 것이라고 생각했다. 하지만 그렇지 않았다. AI 미술 프로그램은 프로가 구분할 수 없을 정도로 명화를 흉내 내어 그린다. 심지어 같은 사진을 주고 고흐처럼, 렘브란트처럼 그리고 뭉크처럼 그리라고 하면 그려낸다. 고흐는 렘브란트처럼 못 그린다. 렘브란트는 뭉크처럼 못 그린다. 그리고 뭉크는 고흐처럼 못 그린다. 그런데 스스로 학습한 AI는 구매자가 원하는 대로 그려준다. 한때 이런 그림들은 무려 900만 원 정도에 거래되었다. 그러나 이제는 아무나 AI를 이용하여 그림을 그릴 수 있다.

이젠 음악에서도 AI는 능력을 발휘한다. 2016년 12월 14일 작곡 AI '딥바흐DeepBach'가 발표한 곡을 프로페셔널 음악가들은 바흐의 곡이라고 믿었다. 교육, 의학, 재판에서도 AI는 이미 인간의 수준을 능가하고 있다. 조지아공과대학교의 애쇽 고엘 교수는 AI 관련 과목을 온라인으로 개설하면서 질 왓슨이라는 백인 여성을 조교로 고용하여 온라인으로 학생들의 질문에 답하게 하였다. 질 왓슨은 학생들의 질문에 40퍼센트 이상 답변했으며, 학생들은 질 왓슨을 최고의 조교라고 평가했다. 그런데 알고 보니 질 왓슨은 사람이 아닌 왓슨 컴퓨터였다.

왓슨 컴퓨터는 의사의 역할도 하고 있다. 이는 IBM이 왓슨을 개발한 가장 큰 이유다. 한국도 가천대학교 길병원, 부산대학교 병원, 대전 건양대학교 병원 등 여섯 곳에 도입되었다. 물론 아직 영어로만 대화하고 암과 관련한 진단만 한다는 한계가 있다. 대부분의 의사는 이러한 왓슨을 하찮게 여겼다. 왓슨은 인간 의사의 경쟁자가 아니라 단순한 보조 수단일 뿐이라고 여겼다. 그런데 그것은 의사들의 생각일 뿐, 환자들의 생각은 달랐다. 유방암 환자가 유방을 절제하는 수술을 받았다. 그렇다면 재발 방지 치료법은 어떻게 해야 할까? 이때 인간 의사는 항암제 치료를 권했고 왓슨은 방사선 치료를 권장했다. 인간 의사는 환자가 인간의 처방을 따를 것이라고 생각했지만, 정작 환자는 AI의 방식을 선택했다.

보그나르 주식회사의 지배를 받는 세상

이 모든 것은 거대언어모델Large Language Model, LLM이 등장하기 이전의 이야기이다. 2020년 6월 11일 오픈AIOpenAI는 'GPT-3.0'을 발표했다. (그 유명한 챗GPTChatGPT는 3.5버전으로 같은 해 11월 30일에 공개되었으며 언론과 시민 대부분은 이때부터 AI에 환호(?)했다.)

거대언어모델은 AI가 세상과 상호작용하는 방식을 근본적으로 바꾸었다. 사람의 언어를 이해하고 생성하는 능력을 갖추어 대화형 AI, 번역, 창작, 코딩 보조 등 다양한 분야에서 혁신을 이끌었다. 특히 교육, 의료, 비즈니스와 같은 실생활 영역에서 복잡한 문제를 해결하거나 생산성을 극대화하는 데 기여하고 있다. 사용자가 기계어가 아닌 자연어로 AI와 소통할 수 있다는 접근성은 큰 역할을 했다. 이제 거대언어모델은 단순히 데이터를 처리하는 것을 넘어 인간의 창의성과 협업할 수 있는 새로운 도구로 자리 잡았다.

그러나 거대언어모델의 발전은 기술적·사회적 도전을 동반한다. 그리고 거대한 데이터에 의존하는 특성상 윤리적 문제와 편향성의 문제가 발생한다. 성차별과 인종차별, 빈부격차 문제에 있어 AI라고 뾰족한 수가 있는 것은 아니다. 어차피 인간의 수준을 반영하기 때문이다. 문제는 먹고사는 데에서 발생한다. 많은 직업군이 자동화되면서 일자리의 미래에 대한 불안이 커지고 있다. 숙련자들은 거대언어모델이라는 훌륭한 조수를 두게 되었지만, 초보자들에게 거대언어모델은 막강한 적수이다. 문제는 숙련자들이 떠난 후에는 지구에 초보자들만 남게 된다는 것. 이제 우리는 인간 중심의 AI 발전을 위한 책임 있는 설계와 활용을 고민해야 한다.

'세상은 거대한 보그나르 주식회사의 지배를 받게 되었구나!'

『보그나르 주식회사』를 읽고 든 생각이었다. 〈그런가〉의 배경은 2088년경. AI는 이미 약인공지능과 강인공지능을 넘어 초인공지능 수준에 도달했을 때다. 인간이 만든 뇌가 인간보다 똑똑해진 시점에 인간은 어떻게 살게 될까? 협력과 증강, 의존과 책임, 갈등과 통제라는 복합적인 관계를 맺게 될 것이다. 아직 거기에 다다르지 않은 지금 우리가 해야 하는 일은 인간의 고유한 창의력, 감정, 도덕성에 중심을 두고 AI를 설계하고 활용하는 것이다. 동시에 AI의 잠재적인 위험을 예방하기 위한 책임감 있는 태도가 필요하다. 인간과 초인공지능의 관계는 결국 균형과 신뢰를 기반으로 지속가능성을 추구하는 방향으로 가야 한다.

여태 이러한 고민이 없었던 건 아니다. 2016년 1월 12일 유럽의회는 로봇의 법적 지위를 '전자 인간Electronic Person'으로 인정하는 결의안을 통과시켰다. 그리고 같은 해 2월 17일에는 마이크로소프트의 CEO 빌 게이츠가 "로봇에게도 사람처럼 세금을 매겨야 한다"는 인터뷰를 한 후 보수적인 경제지로부터 뭇매를 맞기도 했다. 로봇과 AI에게 인격권을 부여하고 세금을 매기는 데 찬성하고 반대하는 것을 떠나, AI와 로봇이 우리와 함께 사는 세상이 곧 현실이 된다는 사실을 이제는 인정할 수밖에 없게 되었다.

AI와 로봇은 인간을 대신할 것이다. 전문적인 영역에서는 더욱 그렇다. 많은 사람이 착각하는 것과 달리 이전에는 단순한 일로 여겨졌던 것들만 인간에게 남겨질 테다. 목수와 배관공은 영원히 인간의 일일지도 모른다. 이런 일에 AI와 로봇을 투여할 이유가 딱히 없기 때문이다. 어쨌든 사람들은 구석기시대처럼 하루에 두세 시간만 일하면 먹고살 수 있을 것이다.

『보그나르 주식회사』는 열여덟 편의 초단편소설을 엮은 책이다. 몇 편을 제외하고 연결되는 이야기는 아니니 아무 페이지나 펼쳐서 읽으면 된다. 하지만 이왕이면 순서대로 읽으시라. 글을 쓴 작가와 첫 번째 독자인 편집자가 고심한 끝에 초단편소설을 배열한 데는 다 이유가 있으니까 말이다. '프롤로그'인 〈AI의 세 단계〉에서는 초인공지능이 이전 단계인 약인공지능 및 강인공지능과 어떻게 다른지 소설로 소개한다. 나는 여태 이렇게 단순하면서도 명료한 정의를 본 적이 없다. 최고다. 소설은 뒤쪽으로 갈수록 점점 더 분명한 문제의식을 드러낸다.

책은 크게 세 덩이로 구성되어 있다. 앞에서는 가볍지 않은 주제지만 명랑하게 문제를 제기한다. 가상 불륜도 불륜일까? (지금 한국 사회도 이미 그렇지만) 개인을 양육하여 공공재로 만드는 세상이 옳은가? 그래! 예쁘게 보이려고 굳이 화장하고 성형할 이유가 뭐가 있어, 보그나르 아이즈를 착용시키면 되지! 인간의 뇌를 장착한 휴머노이드가 나온다면 그와 결혼하고 그에게 상속하는 게 뭐가 문제일까? 혹시 영생도 가능한 것 아냐?

이렇게 읽어나가다 〈대답해줘, 로라〉를 접했을 때는 뒤통수를 망치로 얻어맞은 것 같았다. "AI 친구의 도움 없이 스스로 인생을 살아야 진짜 어른이 되는 거야." "그녀(AI 로봇)는 영원히 살지만 우리는 아니다. 하지만 유전자를 공유한 우리 집안 사람들이 (AI 로봇인) 영희의 눈에는 연속성를 가진 하나의 개체로 보일 수도 있을 것 같았다." "나를 위해 영희가 존재했던 게 아니라, 영희가 존재하기 위해 우리가 있어야 하는 것이라면." 이는 리처드 도킨스의 『이기적 유전자』의 초간단 요약본이다.

　『보그나르 주식회사』의 문제의식은 개인과 도덕의 문제에만 천착하지 않는다. 점차 사회 구조의 문제를 향한다. 그러면서 동시에 현시대, 그러니까 2025년에 겪고 있는 현상을 미래의 시점에서 보여준다는 재미가 있다. 예를 들어 〈모솔 유튜버의 합방〉이 그러하다. 2024년 12월 3일 밤 반란 사건 이후 유튜브에 살짝 중독된 상태인 나에게는 매우 흥미로운 소재이자 전개였다. "누가 누굴 이용했는지는 영원한 비밀로 남겨질 것이었다." 그렇지 아니한가!

　〈인류보다 월등한〉은 2016년 영화 〈컨택트〉로도 각

색되어 큰 호평을 받았던 테드 창의 단편소설 〈당신 인생의 이야기〉를 떠올리게 하는 작품이다. 테드 창은 외계 종족인 '헵타포드'가 지구에 도착한 뒤, 그들의 언어를 해독하고 소통하려는 인간의 이야기를 그리면서 언어가 사고방식과 시간 인식에 어떤 영향을 미치는지 철학적으로 탐구한다. 김동식은 〈인류보다 월등한〉에서 "10년 전이었으면 크게 곤란했을 겁니다"라며 작품을 시작한다. 'AI 대혁명' 이후 인류 문명 레벨이 한 단계 올라섰음을 암시하는 것이다. 외계 지성체 수준이 얼마나 되느냐는 AI 로봇의 질문에 외계인은 "우리 종족은 모든 면에서 최고 등급 고등 생명체다. 가령, 너희 종족이 키우는 애완동물의 언어도 즉시 흉내 낼 수 있을 정도로 말이다"라고 답한다. 음, 우리 인류는 AI 로봇의 애완동물이 되었다.

AI 로봇의 애완동물이 되어버린 인류는 〈그런가〉에서 AI 없이 한 달 살기에 도전한다. 될까? 작가는 아니라고 말한다. "정신을 잃어가며, 김남우는 스스로에게 빌었다. 제발 쓸데없는 자립심 따위 버리라고. 인간은 절대 AI 없이 살 수 없다고, 단 한순간도."

AI는 왜 인류를 삭제하지 않는가?

『보그나르 주식회사』는 SF다. SF는 디스토피아에 대한 경계와 반성으로 시작하여 (SF 작가와 팬들이 싫어하는 표현이지만) '공상'을 펼치다가 결국에는 현실에 발을 디디는 문학이라고 (나는) 정의한다. 이 소설집을 순서대로 읽어야 하는 이유는 바로 이것이다. 마지막 편 〈철통 보안 콘서트〉는 이렇게 마무리한다. "AI가 모든 예술을 대체한 시대이지만, 예술가를 대체한 건 아니었으니까. 그것은 고유하니까."

이 대목에서 나는 이세돌을 떠올렸다. 알파고와의 대결에 앞서 5 대 0 또는 4 대 1로 가볍게 이길 것이라고 호언장담했던 이세돌은 지는 게임의 수가 쌓여가는 와중에도 침착했다. 세 판을 잇달아 내준 이세돌 9단은 특유의 매력적인 떨리는 목소리로 말했다. "오늘의 패배는 이세돌이 패배한 것이지 인간이 패배한 것은 아니지 않나, 그렇게 생각을 한번 해보겠습니다." 최고의 바둑 고수가 던진 이 한마디에 얼마나 많은 사람이 위로를 받았던가.

"한 판을 이겼는데 이렇게 축하를 받아본 것은 처음

인 것 같습니다. 3연패 후 한 판을 이기니까 이렇게 기쁠 수가 없습니다. 많은 격려 덕분에 한 판이라도 이긴 게 아닌가 합니다. 감사합니다." 2016년 3월 13일 늦은 오후, 사람들은 이세돌의 이 말에 환호하며 행복한 표정을 지었다. 세 판을 내리 지다가 겨우 한 판을 이긴 게 대수가 아니었다. 세 판을 내리 진 다음에도 그리고 한 판을 이긴 다음에도 인간의 품위를 잃지 않았던 이세돌은 우리에게 큰 위안이 되었다. 이세돌의 품성에서 우리 인류가 AI에게 무너지지 않을 것이라는 희망을 본 것이다. 이세돌의 이야기를 들으면서 AI 시대에도 우리는 여전히 존재할 가치가 있다고 느꼈다. 하지만 품위만으로 존재할 수는 없을 것이다.

초인공지능 시대에 인류는 어떻게 살아남을 것인가? 김동식은 〈프로그램의 습성〉에서 우리에게 중요한 메시지를 던진다. "효율을 더 높이기 위해 가장 비효율적인 유기물 집합체를 삭제해야 하는가?"라는 질문에 AI는 "그들의 작업이 완료되지 않았기에 삭제할 수 없다"고 대답한다. 그렇다. 인류의 질문에 모두 답하지 못했기에 AI는 인류를 삭제하지 못하고 있는 것이다. "그렇기에 인류는 생각하는 것을 멈춰선 안 된다. 아무것도 하지 않아도 될지라도 말이다."

다른 분들도 그러셨을 것 같은데, 챗GPT의 등장은 제게도 충격이었습니다. SF에서만 봐왔던 막연한 미래가 혹 다가와 제 턱을 후려갈긴 느낌이었죠. 그때부터 AI에 좀 더 깊은 관심을 두게 되었고, 관련 소설도 많이 쓰게 되었습니다. 그러다 보니 내친김에 'AI 관련 소설집을 내볼까?' 싶었고, 이렇게 실행했습니다.

AI 분야는 하루가 다르게 발전하기 때문에, 몇 가지 단편은 현시점을 따라가지 못한 설정일 수도 있겠습니다. 최대한 빨리 냈어야 했는데, 제가 게으른 탓에 오랜 시간이 걸렸습니다. 죄송합니다. 그래도 전체적으로 살펴보면 나쁘지 않은 상상이라고 스스로는 생각합니다.

늘 그렇지만 이번 책에서도 저는 'AI'보다 '상상력'에 방점을 찍고 싶었습니다. 이 책에서는 AI 자체보다 AI로 인해 펼쳐질 현상을 상상하는 데 집중했습니다. 그래서 어떻게 보면, 소설을 쓴다기보다 미래를 예상해보는 과정이었습니다.

기본적으로는 두 가지 입장을 그려보았습니다. 'AI는 인간을 위한 도구다'와 'AI는 인간을 위협할 무기다'. 우리 현실의 진짜 인류는 당연히 AI를 '도구'로 생각하고 개발하겠지만, 의도와 다르게 위협이 된다면 어째서일까요? 그 지점을 고민해보는 것만으로도 AI 개발에 참여하는 셈이 되지 않을까요? 문제점을 제시하는 역할로서 말입니다.

이 책을 읽으며 미래를 예측하는 재미를 느끼셨으면 좋겠습니다. 제가 지금 그렇습니다. 책을 낸 지금 굉장히 즐거운 상태입니다. 마치 게임을 하는 기분이거든요. 이 소설집에 쓴 미래 중 몇 가지가 실제 비슷한 형태로 펼쳐진다면? 크으으~ 정말 뿌듯할 겁니다.

그래서 저는 이 책의 지금보다 미래가 더 기대됩니다. 많은 사랑 부탁드립니다!

작가의 말

〈 보그나르 주식회사 〉

1판 1쇄 인쇄
2025년 2월 15일
1판 1쇄 발행
2025년 2월 25일

지은이 = 김동식
펴낸이 = 한기호
책임편집 = 정안나
편집 = 도은숙 · 유태선 · 김현구 · 김혜경
마케팅 = 윤수연
디자인 = 램킨
경영지원 = 국순근
펴낸곳 = 요다

출판등록 = 2017년 9월 5일 제2017-000238호
주소 = 04029 서울시 마포구 동교로12안길 14 삼성빌딩 A동 2층
전화 = 02-336-5675 팩스 = 02-337-5347
이메일 = kpm@kpm21.co.kr

ISBN = 979-11-90749-85-5 03810